U0852318

立人天地

JOYOUS GARD

心灵乐园

剑桥大学本森教授论快乐人生随笔集

[英] 亚瑟・克里斯托弗・本森 著
Arthur Christopher Benson
迟文成 译／胡 彧 校

黑龙江出版集团
黑龙江教育出版社

图书在版编目(CIP)数据

心灵乐园 / (英)亚瑟·克里斯托弗·本森著；迟文成译 .— 哈尔滨：黑龙江教育出版社，2017. 5
ISBN 978-7-5316-9228-7

Ⅰ. ①心… Ⅱ. ①亚… ②迟… Ⅲ. ①随笔—作品集—英国—现代 Ⅳ. ① I561.65

中国版本图书馆 CIP 数据核字（2017）第 119813 号

心灵乐园
XINLING LEYUAN

作　　者	[英] 亚瑟·克里斯托弗·本森 著
译　　者	迟文成 译　胡　彧 校
选题策划	宋舒白
责任编辑	田　洁
装帧设计	Lily
责任校对	张爱华
出版发行	黑龙江教育出版社(哈尔滨市南岗区花园街158号)
印　　刷	北京鹏润伟业印刷有限公司
新浪微博	http://weibo.com/longjiaoshe
公众微信	heilongjiangjiaoyu
天 猫 店	https://hljjycbsts.tmall.com
E-mail	heilongjiangjiaoyu@126.com
电　　话	010-64187564
开　　本	700 × 1000　1/16
印　　张	14.5
字　　数	110 千
版　　次	2017 年 8 月第 1 版　2017 年 8 月第 1 次印刷
书　　号	ISBN　978-7-5316-9228-7
定　　价	38.00 元

目录

前 言

直言不讳地写出内心想法或信仰确实不是一件容易的事。秘密是自私的！——“我的秘密是我个人的！”——圣·弗朗西斯曾痛苦地高喊道。但是，我认为那种固守内心活动的人之本能是理应克服的。对于我来说，保守内心想法似乎不是一种什么很开化的美德，根本不是！我们所有人，或者大多数人，在纷繁人生的幕后，内心总会涌动一股无声的思想潮水，轻轻地、无以阻挡地向前流淌。它的来势我们无以改变或消减，因为它来自于遥远的某个无形源头，就像一条穿过草地的小溪，是由来自于天空飘浮云团之上的并降落在无名群山之间的雨水汇集而成。这种内心思想活动几乎是不受生活中繁忙事件——我们的工作、活动、社交等影响的；但是，因为内心思想代表着独特的自我，因此，它构成了我们人生的大部分，它比我们在公众面前展现的人生真实得多。它包含着我们感受和希望的东西而非呈现出来的表象；而现实生活中，我们大都不会说出自己的内心想法，因此最容易使彼此产生隔阂。

在本书中，我所表述的或试图表达的正是我之所想，也是按我之认识方式呈现的；因为这是一本提倡朴素宁静人生和快乐安逸人生的书籍，因此，我特地选择在最忙碌的工作时间而非自由空闲罅隙来写作，目的就是充分考验一下我的内心感受。我认为，如果说我推崇的那种静逸有什么价值或者真的很重要的话，那么它就应该是那种在工作、责任和琐碎生活压力下仍能意识到和珍视的静逸。我还认为，如果那种静逸之心能够在这种条件下得以培养，那么它或许才会真正具有在平静无忧的时日中所无法获得的价值。

尽管那个时候好像总有做不完的事情，但我还是在工作、接待、教学、会议等间隙写作，因此，该书完全是在繁忙事务间隔中写成的。不过，书房窗外的那株高大的丁香树一直陪伴着我写作，在蔚蓝晴空的映衬下，它枝繁叶茂、幽香四溢，在清冽的春日里一天天盛开着紫色的花簇；当北风如约而至时，我的房间飘满了吐蕊花蕾的馨香。有多少次，当我信笔由缰时，我会不自觉地欣赏一下那株丁香树！又有多少次，我的思绪仿佛被窗外自由芳香的气息从案头带走！而且，我感到我的内心似乎正在追随着那株丁香树的召唤——虽然它清新的气息和甜蜜的芬芳我无法触及！—— 我是否也在努力，使我刻意伪装喜欢的那种忙碌人生也变得如此繁花似锦并让它散发出经典所倡导的醉人芳香呢？

因为这美丽的花朵、迷人的色彩、醉人的芬芳就在眼前，我无法无动于衷。实际就是那样！我不是在创造、渲染、夸张，不会把丁香树宣扬到发出玫瑰和紫罗兰馨香的程度。我也不是在高调声称我忠实地履行了书中提到的我应该做的一切，那样做就太矫揉造作了。但对于著书立传来说，在书中呈现一个人的希冀、梦想、渴望、愿景而非一个人的乏味卑微的表现也许是再好不过的了。尽其所能吧！

甚至在最要好的朋友面前，我们也不会总把我们心里的真实想法和盘托出，这是我们自身的缺陷，并非是我们的想法出了问题。也许，那是因为我们一开始这样做就感到压抑。朋友既不理解也不在意，甚或认为那都是不真诚的，是造作的；于是我们感到一种愚蠢的羞辱感，结果我们不再是我们自己，而成为我们认为朋友可能希望我们成为的那个样子；因此，他（这位朋友）逐渐了解的并非是他所谓的事物真相，而是他所做的选择性"真相"。

然而，自由之笔握于手中，圣洁白纸铺展眼前，一个人没有必要不如实地做自己。我们的自尊必须自己重视，我们索取的自尊没什么价值，尤其是以虚假的方式来索取。但是，甚至最卑微的历尽风霜的花朵也会尽可能地绽放，实际上它也一定会绽放。在鲜花这个民主的王国里，甚至蒲公英也有安身一处的权利，只要它能找到一个地方，而且它也有表现的权利，如果它可以获得的话；即使它做不到这些，风儿也足够慷慨，会把它的冠毛吹向远方的田野、森林和草地，最终融进默默无闻的泥土。

引 言

《亚瑟王之死》中的“乐园”城堡是兰斯洛特爵士[1]靠自己的双手为自己创建的城堡。那里仓廪丰实，充满快乐。那位受伤的骑士扬鞭策马投奔的正是这座城堡，他向兰斯洛特爵士讲述了帕拉莫德斯爵士[2]的虐行和强夺；因此，兰斯洛特常常冲出城堡去营救那些受压迫的人，可谓侠肝义胆。

---

①兰斯洛特爵士（Sir Lancelot），亚瑟王领导的圆桌骑士中的传奇人物。——译者注

②帕拉莫德斯爵士（Sir Palamedes），希腊神话中的英雄。——译者注

后来，兰斯洛特又把他的城堡称为“悲伤园”，但那是因为他在城堡里无所事事被驱逐出城堡；但是在他以死洗刷错误之后人们把他的尸体运回城堡，城堡又恢复了原名（乐园）。兰斯洛特死时，一个主教一直陪伴在他身边，还给了他一个基督徒应有的一切礼仪，但就在人们出城去运回骑士尸体的那天清晨，当人们把这位主教从睡梦中唤醒的时候，他很不高兴，因为，正如他所说，他正沉浸在快乐安逸的睡眠中。于是，人们询问他为什么那么快乐，主教说：“就在梦里我和兰斯洛特在一起，和我们在一起的天使比我平常一天看到的人还多。”所以，在那位伟大骑士的最后时刻能和他（尸体）在一起是很棒的事！

我之所以赋予本人拙作“心灵乐园”之名，是因为书中谈及的也是一座用我们双手能够营造的“要塞”，只要我们注意不是在这里慵懒无聊的徘徊，而是时刻准备着跃马出城去解决人们的求助，我们就能心安地居于其中。兰斯洛特在他一生中对那种求助充耳不闻的唯一时刻是，他把自己封闭在城堡里沉迷于赞美——这是他唯一的罪过。正是那种罪过让他付出了巨大的代价，让城堡失去了它原有的美丽名字。但是，当罪人忏悔令天使快乐的时候，当人们唯一记得兰斯洛特曾经是一个盖世无双骑士的时候，城堡又恢复了它原有的名字；毫无疑问，那个名字现在不再耀眼，只是一个再普通不过的名字，无论它可能叫什么或在哪里。

在《天路历程》一书中，我们看到释道者在他那个充满偌多标记和惊奇的家里多么热切地向朝圣者展示并解释所有这些奇异标记和安逸景致的含义。我不认为这破坏了寓言，相反，这恰恰使它发挥了更好的作用，就应该使寓言的深奥含义简单化。

那么，这座“心灵乐园”城堡是座美与乐的堡垒，如果我们想获得，我们每个人也都可以做到。我们倚仗权力不可能走进城堡，我必须努力去赢得这座城堡；而且在当今这样一个到处弥漫着焦躁和烦扰气氛的世界里，如果我们能，我们应该去营建一个这样的地方，在这里我们说出我们的需要，在这里我们也许可以获得我们需要的安宁和振作。我们在这里拥有的绝不是那种无聊自私的快乐；它一定是烦劳、拼搏和苦难过程的间奏曲，我们必须做好准备，在需要的时刻冲出城堡。现在，我们营建一个这样的思想城堡是非常艰难的，而且一旦营建起来后它也会是危险的，因为它会诱使我们幽闭于安宁而只是从高高的窗口远远地眺望着城堡周围的人生平原；它不仅将凄风苦雨阻挡在外，也使我们对那些受到伤害和不公的人们的哭喊和祈求充耳不闻。如果我们这样做了，我们在城堡里被围攻的日子就会很快到来，我们将一败涂地、颜面尽失地离开，终将去做已被我们忽略和忘记的事情。

并非唯一但却很自然和智慧的做法是，我们思想中应该存在一座堡垒，在这里我们经常光顾一些谦恭的、儒雅的、侠义的伙伴——一些智慧而纯粹的热爱美的人们，如诗人、艺术家。如果我们甘愿湮没于世间尘埃，我们就犯了一个大错。我们不必对现世事实过分求美，但是我们可以心怀感激地相信那不过是一种凡俗规则，我们真正的人生另有所属，在一片圣洁之地。如果我们在人生过程中认为，处心积虑和不断做事就是全部，那么我们就失去了人生中振奋的精神，就如同我们拒绝人生苦难而失去人生力量一样。但是，如果我们时不时地光顾一下我们的“心灵乐园”，我们就能够把那个地方的优雅、庄重和谦恭的好东西带回到平素生活中。人生的目的在于，我们以一种健康谦恭的方式做些平常普通之事，伴以简单杂事，表现出的不是高傲轻蔑，而是真正骑士般的全部热诚与谦逊。

尽我所能，这本拙作即将阐释我们如何通过滋养培育高尚快乐的思想以求做到自我救助，但这种思想往往会像所有脆弱的东西一样毁灭在冷漠无情与漫不经心中。我们当中有一些敏感、富有想象但生性怯懦的人，常常因为没有对自己的平和人生做好规划设计而失去改善的机会。我们哀叹活得匆忙、压力太大、身心忙碌，并大声哭诉，

“唉，但我也只能是这个样子了！”

之所以造成这样一种现实是因为我们希望到达的就是这样一种状态，根本不想去经历前进旅程中的劳顿之苦！然而，如果我们愿意，我们是能够像聪明的特洛伊国王一样建造出艺术般的城堡高墙的，而且也能够给予恰当的呵护；这只需要我们真诚地去做；我常常惊喜地发现，别人简单的一句话或许会在一个人的思想里扎根，会让人在昏睡中快速清醒并表现出想象

不到的斗志。在这里，我要表达的是我之所想，我要指出的是我自认为清晰地看到，一座座灯塔固守在各条林荫路的尽头，屹立在缠杂无序的森林之上，高雅均匀地发出光芒。

第一章

思想解析

就如同在繁花吐蕊时节，当我们走进乡野深处，呼吸着从果园或植物茂盛的原野飘来的缕缕馨香，如果我们还有尚存的智慧与思维，某些伟大的思想会情不自禁地闯入我们的脑海。

这些思想触角纷乱；其中一些美妙有趣萦绕心头，一些深沉凝重神圣庄严，一些则直击痛处强烈至深。有些思想可能让人感受到那种看不见的美妙与快乐，有些则让人思考行为与责任的问题，有些关乎我们希望的人际关系或世道所迫的与他人纠葛；一些是对悲伤痛苦的拷问，悲痛的意义何在，痛苦是否有更深的意义，精神是否超越我们的现实而不朽；但是，这些思想的呈现形式却与众不同，它们是在我们大脑与心灵深处的霍然闪现。我们似乎并未有意思考，也找不到思绪源头；而且，即使是在我们读书或倾听的时候发现这些思想，它们似乎对我们来说也不是全新的。我们意识到，这些东西是我们一直以来隐约感受到和察觉到的，而且，我们之所以常常感受到一种神秘的力量影响着我们，那是因为这些思想似乎带我们脱离自我，超越我们微弱的眼界，进入一种有如无边大海之宽广、落日天空之深邃的状态中。

一些思想与社会构建有关，也就是人类生活所处的那种联合的人为和平环境，那么它们就属于政治性思想；或者它们解决的是数字、曲线、动植物分类、土壤、季节变换、重量和质量定律等问题的，那么它们就属于科技思想；有一些思想则与举止、品行和素质相关，那么它们就属于宗教或道德思想。但是，有一类思想精确地讲不属于这些范畴，但它们却有着丰富色彩、悦耳曲调、人之形貌以及铿锵甜蜜话语等不同表现形式，以此与美的观念联系起来。而且，这种美感可能会更深入，可能会从其美质上被加以诠释，当然这些美质不是从它们是否正确合理的角度来考虑的，而是因为它们的精致和高尚并进而唤起了我们的赞美和渴望；那么这些思想是诗意的思想。

当然，对思想加以精确的划分是不可能的，因为思想间存在着许多交错和广泛的交互空间。人类从茹毛饮血的远古进化而来的漫长过程，天文学家有关太空中人类畅游的言论，所有这些都可能激发诗意情绪，从本质上说，也就是那种惊奇感。我不想用寥寥数语界定和释义诗意情绪。我只是试图说明它在我们人生中具有的或可能具有的那种影响，我们与它存在的或可能存在的关系，它可能对我们提出什么样的要求，我们是否能够习得培养它，以及我们是否应该这么做。

第二章
诗歌之本

几天前，我拜读了牛津大学诗歌艺术教授麦凯尔[①]先生的一本演讲稿。麦凯尔先生一开始便讲到自己是个诗人；他与一位著名的诗意画家爱德华·伯恩琼斯爵士[②]的女儿结为伉俪；他创作了《威廉·莫里斯传》，这部作品我认为在语言上、结

①麦凯尔（John William Mackail，1859—1945），英国社学主义者、维吉尔研究学者、诗人、文学史家和传记作家。——译者注

②爱德华·伯恩琼斯爵士（Sir Edward Burne-Jones，1838—1898），英国画家、图书插画家、彩色玻璃和马赛克设计师。——译者注

构上、严肃性及生动性方面都算是最优秀的传记文学作品之一了；实际上，他的所有作品都有着诗意的特质。我倒希望，他甚至可以尝试着把这种特质渗透到他在学校董事会的一些工作中！

在演讲稿的前言中，他说道：“诗是悲伤忧虑和疯狂激情的把控者；诗是充满欲望和爱恋的青葱岁月的伙伴；诗是年华渐逝中驱散人生磨难的力量——劳作、贫穷、痛苦、疾病、悲伤以及死亡本身；诗是伴随一生的灵感，无论何时何地，它是发自人类最高尚动机和热情的灵感，是发自荣耀自豪的灵感，是发自仁慈羞愧的灵感，是发自自由与无羁思想的灵感。”

从这些生花妙语中，可以看出麦凯尔先生对诗所做的一种极高和壮美的阐释：无异于把艺术气息、骑士气概、爱国精神、挚爱情怀、宗教信仰统统融为一体！如果这样的阐释得以承认，那么任何活着的人都没有理由不心存诗性，因为它既可能是治愈人生创伤的良药，又可能是激励高尚追求的兴奋剂。事实上，诗就是那种不可或缺的东西。

但是我认为麦凯尔先生没有表达很清楚的是——他的意思是否在说，通过诗来对这些伟大思想进行诗意的表达，或者他的意思是否在说，思想精髓比通常所谓的诗要广阔和有力得多，而实际上它仅是在诗中某个闪光点处得以表现，就如同电火花在幽暗冰冷的卷曲导线间跳跃着明亮炽热的光芒。

我觉得，有些令人迷惑的是，他没有更确切地说出他的诗歌定义。让我们探讨一下另一个有趣的给人启示的定义。那是柯勒律治[①]的定义，他说："与诗歌相反的不是散文而是科学；与散文相反的不是诗歌而是韵文。"我感觉这种说法似乎更丰富。它的意思是，诗是一种情感，或温和或热烈，但都可以用韵文和散文的形式表达；与诗歌相反的是非情感类的东西，如实体法律的精确说明；诗歌绝不是对情感的节奏性、韵律性的表达，而是情感本身，无论表达与否。

我并非完全对麦凯尔先生的观点有异议，如果其意向所指是，诗是一种美好事物激发的狂热情感的表达，无论那种美好

①柯勒律治（Samuel Taylor Coleridge，1772—1834），英国浪漫主义诗人、文艺批评家，湖畔派代表。——译者注

是以泥土、花园、田野、森林、群山、大海、天空以及晚霞等形式或色彩呈现，还是以人的容颜和举止之美呈现，还是以高尚隐忍或慷慨行为呈现。因为那就是诗歌的特质，无论它是一种思想还是事物都应该赋予心灵一种美好并在心里唤起那种美好事物所应唤起的不同寻常的深沉渴望。很难定义那种渴望，但它确实是一种欲念，是一种去接近渴求事物、去拥有渴求事物、去为之振奋并为此存在的情感表达；这种情感和信徒看见崇高的主时所产生的情感一样，他说："主啊，我们在这里真好！"

实际上，我们很清楚什么是美，甚或说我们内心都有一个标准，可以本能地判断所见或所闻之美；但那并非说我们对不同事物之美的判断都能达成一致。有些人的眼域要比其他人的宽阔得多，让有些人感到赏心悦目的东西对另外一些更有学识讲究的人来说很可能是粗鄙的、可怕的、庸俗的。但这并没有多大关系；关键是我们自身具有对给予我们某种特别愉悦的美质的理解力；即使在我们或郁闷或焦虑或痛苦时它没给我们带来愉悦，但我们仍然知道美质的存在。我记得，在我长时间身体状态不佳、精神抑郁时，我最大的一个痛苦就是看到了事物的美好却不能去享受这种美好。当时，大脑的愉悦区域处于病态和疲态；但是我从来没有怀疑美的存在和美对心灵的愉悦力量，如果不是身体出了毛病而致使痛苦压抑了愉悦感的话。

因此，诗就其本质来说是对美的领悟，那种美不仅仅是指所闻所见事物之美，更可能是居于思想和心灵深处之美，而且这种美不受外界观念的浸染。

第三章
诗与人生

现在我想探讨一下，对于我们大多数人来说诗是如何融入人生的，这是一个不容易说清楚的事情，因为一个人注重的只能是他亲身经历中的珍贵片段，而漫游纪念厅廊，看到的无非是褪色的帷幔、一张张图片以及高高挂在廊墙上的一幅幅肖像画而已。我想有很多人，如果他们忽然遇到一张过去也许常常凝视过并曾心生爱意的面孔，而且发现这张面容忽然增添了些许新的娇媚，如面颊的优美曲线或随风舞动的长发，这时诗往往会以爱的名义进入他们的精神世界；或者说，这一眼确实反映出了前所未有的某种东西，那是对某种可以分享秘密的感悟，那是某种慌喜掺杂的热情流露，那种东西让人明白两个人两颗心在一起会为彼此带来无穷的快乐；接着就会滋生人们称为爱情的那种神奇的情感，这种东西往往在对相见的渴盼、对冷漠的忧虑、对取悦与表现的极度欲望中迷失方向；因此，也会产生各种不自然的矫揉造作，对于心绪冷静的旁观者来说，那似乎太荒诞甚至太令人厌烦了；因为原谅对方能给自己带来愉悦，所以选择坚守，因为让对方铭记会使自己产生快感，所以选择退缩；这是一幕疯狂热烈和激情澎湃的戏剧，在这里整个世界隐退成了背景，对于情爱者来说，整个生命都融之于对另一个灵魂的喜忧参半的感受中。

爱人一句话胜过他人千万言。

在这种情绪中，人们惊奇地发现，要想满足那些表达的需要，普通的言谈和正规的语言似乎无能为力。甚至没有文学细胞也没有品位天资的年轻人也能回想起几近遗忘的浪漫小说中的各种支离破碎的华丽辞藻；要应对一次如此振奋人心的经历，这时的语言必须细腻，必须高贵。年轻的恋人如此自然地像背书一样地讲那些脱离现实而激情浮华的词句是多么不可思议啊！在一些法律报告和一些涉及解除婚约的文案中，以及一些公开引述的激情四射的文学作品中，我们能够多么轻易地发现一种必然框入的韵调雕琢的痕迹啊！这一切对于心智清醒的读者来说不过是一种荒诞不经的自我陶醉。然而，就像鸣叫着的金丝雀的气派和风度一样，就像孔雀开屏一样，就像火鸡屏住呼吸昂首阔步一样，这一切做得那么自然——目的是展现本身不具备的一种伟大与高贵，以求得关注、叫好和吸引。平淡的言谈不会有这样的效果；这时的语言必须韵调十足，必须激昂奋进，必须熠熠生辉，必须华丽四射；炫技必须得以展示，优势必须得以昭显。胜利者吹着号角擂着战鼓冲向胜利；接着也一定默默地伴随着绝望以及对自己有失体面、笨拙无聊和表现卑贱产生担心。每种敏感的情绪都是清醒的，甚至有着最沉静、最保守天性的人一旦受到激情支配也会变得疑虑和自恋，因为毁灭天性的激情太强烈了以至于它完全战胜了一切社会约束，赤裸裸地呈上灵魂，彻底屈从于失去控制的自我。

但是，除了这种强烈情感之外，也存在着许多比较内敛的方式，同样的情绪、同样的情感，只不过看成是一种自我感受，完全归于内心。有些是受到了乐曲的感染，如各种旋律及幽深莫测和拨转有节的弦乐，在管弦乐队演奏时，那些大低音号发出沉闷低长的声音呼应着跳跃起伏的弦乐无不触动人心；在黄昏时分飘来一段甜美纯净的乐曲也会让人有所触动，沉沉暮霭中飘荡着的花园馨香、静谧中闪烁着的幽幽灯光以及沉浸在乐曲声中的人们，所有这一切交融在一起让人感觉身处一幅神秘的帷幔中，当我们惊奇于如此奇异美妙的景色时，无论我们身向何处去寻找那令人迷惑但舒心安逸的神秘之源，就是找不到答案!

有些人在看到画作和雕塑时情感被激发，如某个德高望重大师的技法纯熟的大作——一片杂草斜出、峭壁峥嵘、被疾风劲扫的沼泽，一条在暮色树丛间微光隐现的深暗河流，肥沃的平原延绵到烟雾缭绕的群山之脚，奔涌的大海翻卷着巨浪；或者是一座四肢匀称的雕塑面带着朦胧的微笑，或带着某种坚毅的太阳神式的神秘力量：所有这些对于人的感官来说都有着同样无以言表的魅力，也许象征着曾经经历过、爱过、赞赏过、期盼过、渴求过的那种心灵付出的努力，也许是试图把曾经激情振奋又忧心忡忡进而几乎折磨殆尽的那种快乐记录下来；对于许多人来说，这类情感通过诗意的文字和歌咏最能直接表达，以此讲述经历的快乐、忍受的痛苦以及无法实现的期盼和不知满足的欲望；一些画作可谓画语人生，其呈现场景往往是我们曾经经历过的昔日快乐心境，是让我们抽丝剥茧留下最纯粹的记忆中的幸福时光——那俯视着遥远无垠平原的宽阔山地，那阳光明媚的美丽花园，那冰霜覆盖的劲草，那瑞雪压枝的树丛，那炫如火焰的秋日灌木，还有那傍晚时分阴郁的森林，当黄昏沿着微光斑驳的长廊悄悄临近，落日余晖便清晰地穿过大叶水生植物间隙和辉煌的教堂塔尖间的空隙，这时的心境意味更浓，因为它与心曲发生共鸣，它与炽热的期盼发生共鸣，它与内心对力量、纯净和安逸的渴望发生共鸣，它与走近他人心灵而产生的快乐发生共鸣，它与自身的智慧发生共鸣，它与自身的高尚发生共鸣。

但是，所有这些不同感受的目的是一样的；它们的影响在于精神上激发出活力快乐崇高、我们从中能够得到的那份收获以及我们自己个人期盼和命运的博大意义；那就是或许大体上可称为带有诗意的所有思想的实际作用；它们给我们展示了一种永恒、强大和美好的东西，一种具有难以征服活力的东西，一种在当下昏暗背景下把自己明确地树立为一面旗帜让我们能够携起手来并加深交流的东西，一种我们本能感到的是世界最真实展现的东西。看到这样东西，我们应该认识到我们堕落于更自私、更无聊、更枯燥的人生事业是我们真实存在过程中的插曲而已，我们之所以堕落于此，不是因为其有实际价值，而是因为我们要磨炼我们远离这种天堂式美景的勇气和渴望。人们对美好事物、沉静心力、完满人生越渴望，他们的人格就越高尚，他们就会越接受他们人生中的默默无闻和谦恭礼让，因为他们正信心满满地期待着一个更纯洁、更高尚、更平静的人生，我们所有人都在奔向这个目标的路上，无论我们是否意识到这一点！

第四章

艺说诗歌

我常常收到一些有抱负的年轻人的来信，里面都装有他们写的诗，他们主要是征求我对他们作品的意见。这类信一般都会说，除非人们肯定他的诗有点儿意义，否则作者会感到几乎没有什么价值继续写诗。在这种情况下我的回答是“答案就在于此”。如果诗看起来没有价值，如果实际上诗不是压抑不住表达欲望的结果，那么确实没有写的价值。另外，如果那种欲望真的存在，就像任何其他艺术表现形式一样写诗也是值得尝试的。一个喜欢画水彩画的人不会因为担心他也许成为不了学者而不去画画；一个喜欢用钢琴演奏曲子的人没必要因为没有可能为公众演出挣钱而停止演奏!

在所有文学表现形式中，诗是最不可能给人带来荣誉和金钱的。大多数有点儿写作天赋的聪明人都很有可能发表一些散文。但是没有人想要低劣的诗歌，编辑们也怕避之而不及，因此，这样的诗作没有市场。

我本人写了很多诗，也出版了许多诗作，因此我才可能勉强地谈此话题。实际上我有七八年非常努力地创作诗，而没怎么创作其他文学形式的作品，出版的诗歌作品只是我创作成果的一小部分而已，我的很多诗作现在还是手稿。我没有取得特别的成就。我的一些拙作还算得到了认可，发行了几百本；我甚至还把几首诗插在一些选集中。虽然我已经彻底不再触碰诗歌，虽然我再也不可能去索取诗人的名号，但是我一点儿也不后悔曾经为之投入的那些美好岁月。首先，那是一种强烈的创作快乐。那些节奏、那些格律、那些语言、那些韵调，所有这一切都给了我一种沉迷的愉悦。写诗培养了我瞬间观察的能力——我的诗大多是关于大自然的——有助于我厘清乡村风景、群山、森林、野花甚至昆虫的主要特点和美丽所在。还有，写诗也真正培养我对字句的把握；它让一个人懂得什么样的用词是悦耳的，什么样的用词是感人的，什么样的用词是有效果的；由于写诗需要根据格律确定用词，因此就会不断提高一个人的词汇量和应用这些词汇的能力。当我回过头来创作散文时，我发现自己比之前拥有更大更灵活的词汇量；当然，诗的语言与散文的语言完全不一样——很遗憾，这两种文学形式的措辞方式在英语语言中表现得很不一样，而在其他语言中并非总是这种状况——这使得写华丽和精巧散文变得相对容易；写诗还给人一种形式感；一首诗必须具有某种形式上的平衡和相称；因此，当一个写诗的人转而写散文时，一个主题很容易被分成几部分而且各自都有整齐的形式和高潮。

但是，这些都说的是写诗带来的成果和衍生的益处。写诗的主要原因也一定是乐于而为，在想到一个美的主题时欣喜而为，在尽其所能优美而微妙地表达时愉悦而为。我放弃写诗的原因正如威廉·莫里斯[①]曾经对自己评价的那样："仅仅为创作诗而去创作对于我这个年龄和阅历的人来说是一种犯罪！"

一个人的诗意灵感在二十七岁左右会很快枯竭！

这时，一个人开始用一种不同的方式思考经历，不再是一系列的于昏暗背景中凸显出来的辉煌亮点和画卷，而是一种丰厚圆满的东西，就像一个缤纷繁杂的大世界，其中的东西如果说不上美丽但一定意义非凡。那并非因为人生中的奇迹与曼妙少了；而是因为人生更温和、更曲折、更神秘了。这时的人生不再像大海有时候激起滔天巨浪，而是平和地向前，一浪一浪地滚向目光所及之遥。

那么，这时候诗歌形式对于一个想急切倾诉一切的人来说就会显得逼仄和局限。一个人年轻的时候，他所经历的人生多是为了那些偶尔美化人生的情感，有时还带着一种绚丽夺目的色彩；没有时间去悠闲、幽默、平和。但是，随着我们年龄的增长，我们意识到诗意情感只是许多力量中的一种，我们的同

①威廉·莫里斯（William Morris，1834—1896），英国杰出的积极浪漫主义诗人、小说家、设计师和空想社会主义思想家。——译者注

情心也会不断增加而且扩大到更多方面。在过去，一个人很可能会对平和安静、缺乏趣味和不易动情的人没有耐心，但是现在很明显绝大多数人过着朴素简单的生活；一个人要想更透彻地了解他们的思想，他就需要明白朴素简单东西的价值；由此，他的感受会变得更广更深，他的经历就如同波光四溢的小河而非跳跃晶莹的喷泉。人生汇集无数河流，并不断涌入新鲜物质；一个人开始明白，如果诗不是对人生最精细最美妙的解释，它也就不会总是最完满的甚或最深刻的。

如果我们看一下诗人们的人生经历，我们往往也会发现他们的灵感是怎样衰败的。弥尔顿在沉迷凡尘俗事的一段生活后，确实在中年阶段创作出他尽显才华的诗篇。华兹华斯一直创作，直到生命最后的时刻，但是他的所有佳作也都大约是在之前的五年间创作的。丁尼生一直笔耕不辍，但是他的后期作品很难与他四十岁之前创作的作品相媲美。勃朗宁是一位作品颇丰的诗人，但是，除了偶尔诞生一篇精彩的抒情诗外，他的后期创作几乎把他的写作缺陷暴露无遗。柯勒律治很早就放弃了诗歌创作；拜伦、雪莱、济慈都属于英年早逝。

济慈的“书信集”也许比任何其他现存的文献都能更生动、更真实地诠释一个诗人的思想与心灵。通过这些纯净真诚的书信，人们看到的正是诗性天赋的本质，也正是诗歌奇葩绽放的土壤。之所以说其不同凡响，是因为它是那样十足地理智、质朴和不矫揉造作。常听到人们说，这本“书信集”让人联想到的是一位二等的郊区年轻人形象，他的朋友粗野，社交圈平庸，但他却有着不同寻常和无与伦比的才华。然而，正是那样一种背景才形成了至高无上的吸引力。济慈以其非凡的谦逊态度接纳他所处的环境、他的朋友以及他的责任。他从不抱怨未被赏识和被过低评价。他的平庸之处，如果说有的话，并非是才能上的缺陷，而是他对那些患难与共的人们报以过浓的人情味。但是，时不时地也会喷发出剧烈的激情与美感，一种在平凡圣坛上耀眼升腾着的圣洁的、喷薄的、熊熊的灵动之火。

因此，他才会写道：“今早诗性不能自制——我已经堕入那些抽离现实的状态，那是我唯一的生息——我感觉我从一种新奇险恶的悲痛中逃离……我心中暖流涌动，如同承载着永恒与不朽。”他还写道：“随着想象力的升华，我每天越来越感到我不是单单地生活在这一个世界里，而是出现在上千个世界中。”还说：“我喜欢所有事物中美的精髓。”

从这些文字中可以看出人与人之间不仅仅存在着活力与激情上的差异，而且在一个诗人的头脑中确实存在着某种常人缺乏的特质，一种深刻悟性与情感心绪的融合，这种融合可以即刻本能地化为诗句。

谁都知道，对于诗人最重要的是他的词汇及运用能力。我毫不怀疑，有许多人被自身充沛的审美力弄得心神不宁欲罢不能，他们的情感也强烈似火，也温柔如丝，但是他们就是没有直抒胸臆的词汇，而这种词汇一定要像蜂蜜从装满的罐子中溢出来那样自然。那就像雕塑家或音乐家具有天分一样，也是智慧的生机勃发和灵光闪现，绝不是笨拙痛苦地堆砌辞藻，而是将思想自然融入好词佳句中。

我所知道的对此最精妙的解释是雪莱的诗《为诗辩护》中的一段话。他说：“人不能够说，‘我要作诗’——最伟大的诗人甚至都不能这样讲；因为创作中的思维就像火焰渐熄的木炭，某种无形力量像断续的风使木炭闪烁短暂的光亮。那种力量来自于内部，像花朵颜色一样伴随着成熟而衰退和改变，因此，我们天生的那些感悟能力都无法预知这种力量的到来和消失。当创作开始时，灵感就已经走下坡路了。”

我笃信诗歌是真正的美。最棒的诗句是在瞬间激情中写出来的，很可能不需要再斟酌再润色。例如，我们知道济慈是如何在一个春日的清晨，在汉普斯特得的一个果园里草就《夜莺颂》的，当时没太在意，结果是他的一个朋友从他的一大卷手稿中把它拯救出来的。当然，诗人的写作手法也各有不同；但是，有一点也许可以肯定，如果第一稿就不是佳作，那么这首诗不会通过之后加工而成为名篇。实际上就有一些像罗塞蒂和菲茨杰拉德这样的诗人，他们谨慎雕琢修改，结果把本来不错的诗作变成了次品；其实，好诗的第一稿通常就是最棒的。一首诗有时候通过删节得到升华，丁尼生的例子最能说明问题，他放弃的一些诗节曾经在他的《生平》中再现，我们从中可以看出他对于至美至纯事物的判断多么有天分。一个优秀的诗人永远不会像一个平庸的诗人那样，为了一句妙而葬送全诗好。丁尼生用一种巧妙常见的意向做了说明，他说一首诗必须像扔到地板上的削掉的苹果皮一样有它自己的某种曲线变化。它必须有一种完美的推进与发展，因此，有时候要想实现这一点，最好是删除那些使思想脱离初衷设计的诗节。

但是，如果诗人过于习惯性写诗就一定会造成在他甚至没有灵感的情况下仍然写作以满足笔耕欲望，这种作品价值可想而知，华兹华斯就常常处于这种状态。这样的诗往往只有文学味而没有诗性，这种缺乏诗性的诗没有存在的意义。

如果我们赏读一部像罗塞蒂的《生命殿堂》那样的作品，我们就会发现某些十四行诗真的如同秋日清晨的金色阳光，散发出那种独特的清新与亮丽；而许多十四行诗却让我们感到缓慢而华丽的推进，就好像是由某种造诗机器创意而出的。我感到有趣的是，在研究《生命殿堂》时发现所有最优秀的诗篇都是早期作品；当我后来研究他的手稿时，我惊异地看到他创作时的大量备选词句。例如，有不下八九个像“不可传递的”或“纠缠不清的”等高大上却影响诗句推进的词汇摆放在那里，而无法在恰当位置表达恰当意思；因此，虽然那些诗句似乎带着一种独有的富丽堂皇的乐感，却因过分追求词汇音节结合而失去了它们的穿透力，当然那只是在堆砌而非自然天成。罗塞蒂关于诗歌的至理名言是“诗歌的根本是脑力活动”，这一思想让他误入歧途。脑力活动当然是基本的和本能的，但它一定是在诗歌构思前就已经具备了的；大多情况下，诗人是通过摒弃那些已经掌握的约定俗成的情感表达写作方式来获得诗歌写作能力，因为这些精心设计的写作方式本身不可能产生伟大的诗歌。对诗歌加工的脑力活动常常只会弱化诗歌的效果，而罗塞蒂恰恰在这个方面徒劳地耗费精力。

济慈在写作他的《安狄米恩》时视域较宽、观点大胆。“我要无拘无束地写作，”他说，“我一直都无拘无束地不掺杂评断地写作。我也许在此之后会无拘无束但有所评断地写作。写诗的才能是一个人本身具有的天赋。它无法通过准则和规诫获得，而只能通过天赋本身的感受和敏锐获得。”

当然，卓越的技能还是完全必要的，但那并非是仅仅通过实训而获得的技能，而实际上是一种一开始就具备的技能，就像莫扎特，八岁的时候就能够演奏只有技艺高超的大师才能演奏的曲目。那种技能不是通过训练就能习得的，那种眼睛与手指的敏捷配合绝非像小燕子学习飞翔就能获得的那种技能；它已经存在，需要做的只是把它发挥出来。

因此，毫无疑问，一个人是不可能通过动脑就能成为诗人的。他也许能够创作出感人的韵文，但也就如此。柏拉图说过，诗是一种神圣的感受，或许就是某个沉默不语的女祖先的强烈情感与某个不善诗情的男祖先的表达技能结合而产生的某种奇异的遗传特征融合体。这个结合过程是未知的，但未必是不可知的。

当然，如果一个人的灵魂中有诗，那么他会极其渴望用语言把它表达出来，因为人类会带着对美丽幻想的强烈追求而赋予这位伟大诗人极高的荣誉，并会在心里把他放在最高的位置。一个人会多么希望这样阐释人生，多么希望能把那美好感悟迅速传入那些充满向往的头脑中，多么希望为爱情、希冀和思念谱上诗曲，多么希望能让人感知到表象之下的大义、温柔和深刻并以此来激励那些忧虑的心灵啊！那是我们需要确信的东西——我们个人存在的意义，我们个人应得的那份快乐；当我们的人生陷于重重迷雾和凄风苦雨时，诗人会教导我们等待、希冀、崛起和付出爱心。也许，那就是诗能为我们所做的最伟大之处，它让我们安心，给我们启迪，使我们愉悦前行，它指导我们信仰上帝，即使“他”的光辉被掩盖在灾难祸患之下或被淹没于悲伤沉重之中，抑或被哲学家和牧师们所误导，抑或被人类的错误行为所严重歪曲。

第五章

德艺之辩

关于艺术与道德之间的关系以及艺术家或诗人是否应该尽量予人以教义，一直都存在着争论，就如同正在脱毛的羽毛球敲打在球拍上发出悦耳的声响。这种争论并无害处，因为参与人广泛而且各抒己见。答案是非常简单的。艺术与道德是在各不同领域中都可体现出来的美；至于艺术家是否应该努力教导于人，这个问题可以从一个普遍的认识中得到大致的答案——没有艺术家努力想着教育人，因为都知道一个对一切都抱以严肃态度的人不可能有助于教导人，无论他希望与否。

高尚的艺术与高尚的道德是非常相似的，因为它们都追求美的法则，但是艺术家追求的方式是可见的有形的，而道德家追求的则是现实人生中的行为与关系。艺术家与道德家永远是一对互相误解的冤家，因为追求任何艺术的人都可能不自觉地认为这种艺术就是这个世界上最值得做的事情，而且心灵美好的艺术家会觉得自己的行为不会出现问题，也没有必要烦神耗力地去探究和约束自己的行为；但是，热衷于追求美德之美的道德家则会认为这位艺术家就像个孩子在玩他的玩具，没有把握住人生中的真情实感。

关于这个话题应该听一下希腊人怎么讲，因为希腊人曾经都热衷于探讨人生问题，而且一切都以美的标准加以判断。当然，犹太人至少在早期历史中对行为准则问题也表现出同样强烈的兴趣；但是，如果不赋予以赛亚艺术家头衔和《约伯传》作者之名，就如同否定柏拉图对道德品行的兴趣一样荒谬！

众所周知，柏拉图对于诗人创作所持的态度有点儿古怪。他说他必须把诗人排除在他的理想世界之外，因为他们是虚幻现实的倡导者。但是，他在思考的那种人又与我们所谓的诗人完全不同。他认为诗人是为某类主顾服务的人，而且是在以虚假的荣耀与庄严来掩盖他雇主的暴虐与卑鄙；抑或，他还认为剧作家是一群为了荣誉和金钱对普通大众的感伤柔情加以专业利用的人；而且，他也对那些为了吸引剧院观众而渲染悲剧情绪的作家报以冷眼。

在这个方面，亚里士多德与柏拉图的看法不同，他认为诗歌不完全是道德说教，而是启迪思想去考虑道德问题。他说，在观看一部戏剧时，虽然观众可以说通过演员表演经受了心理磨难，但他们同时也直接地（如果不是有意识地）学到了道德之美。让我们再看一下我们伊丽莎白一世时代的人，在他们的戏剧和诗歌里根本没有证据表明他们当时思考了道德问题。现在没有人知道莎士比亚当时是否有宗教信仰，或者宗教信仰是什么；然而，高于曾经所有的作家，莎士比亚似乎对于男女的罪过和情感持有的是完全不带个人色彩的观点。在莎士比亚作品中没有人被嘲笑、被批评或被谴责；一个人自己去看、去评判剧中的反面人物和流氓无赖；一个人感受到的可能是对这些人物某种程度上的同情；因此，对于戏剧效果来说，那样也许才是艺术顶峰。

但是，在当下，也许也包含为数不多的小说家在内，诗人真的是一种有着非常之独立思想的人。我谈论的不是那些为迎合潮流而卑鄙粗俗写作的人。他们也会获得回报；但毕竟他们不过就像江湖骗子，表演的目的就是在场子中弄点儿小钱儿。

但是，诗人的听众寥寥无几，除非他是一位很著名的诗人，而且即便他很著名，他的回报也很可能是微不足道的、少得可怜的；而一心要成为一名诗人即使是无名诗人，这种理想也许是一个人能做的最幼稚的事，因为他会因此而招致嘲笑；实际上，如果说现在世道上有一种不良迹象的话，那就是人们愿意倾听政治家、科学家、商人以及记者们的话，因为这些人能够引起轰动或带来物质利益；但是，人们不会听诗人“乱语”，因为他们对于大众的快乐没有多少用途，而这些普通快乐的思想还恰好是构成人生最愉悦的部分。

毫无疑问，我已经说过，没有艺术家会处心积虑地要教导人们，因为那不是他的工作，而且一个人要成为优秀的艺术家只能不断关注自己的事业，一个会产生美的事业；当一个人开始试图创造教育人的作品时，他就已经脱离了那根主线。但是，在英格兰，近期一直存在着一种非常显著的道德与艺术的融合趋势。拉斯金[1]和勃朗宁是最有力的证据，说明有的艺术家可能以一种艺术的方式热切关注道德问题；然而与此同时，我也肯定地说过，如果一个人对美有强烈的追求而且尽其所能给予呈现，那么他就会不自觉地教导了那些寻找美并需要指明方向的人。

真正教育人的精髓是使得深刻和费神的东西变得简单、令人渴望而且散发着美。一个教师并非是提供知识获得捷径或者仅仅把智力缺陷培养成一种优秀品质的人。所有真正教导的本质是一种灵感启发。拿一位伟大哲人的例子来说，如阿诺德[2]或乔伊特[3]；阿诺德在他学生的心灵里点燃的更是一种道德精神之火而不仅是知识才智之火；乔伊特则非常智慧地在那些无聊陈

---

①拉斯金（John Ruskin，1819—1900），英国作家、艺术家、艺术评论家。——译者注

②阿诺德（Thomas Arnold，1795—1842），英国近代教育家。——译者注

③乔伊特（Benjamin Jowett，1817—1893），英国学者、古典学家、神学家，19世纪英格兰最伟大的教育家。——译者注

腐的词汇短语中注入一缕启迪联想的光辉，让人感觉到它们只是一些思想的具体表达形式，但其中传递的思想还是非常精彩和美好的。这种教导人的奥秘只能意会无法言说，但它确实是一种很高层次的艺术。有很多人深深感知到知识的启迪而且也热切地追求，但就是一点儿也无法将这种智慧之光传递给别人。就像伟大的艺术家可能画一幅我们已经看过一百次的很平常的风景画，但是他可能在画中融入某种神秘的东西，这种东西远远超出眼力水平，一个很优秀的教师也会有这样的表现，他让人感受到思想是与人们的高级情感紧密联系的有生命的东西。

因此，真正的诗人，无论他写诗歌还是小说，他都是人类导师中之佼佼者，这并非因为他培养训练思想，而是因为他能使他描述的东西看起来非常美好而且令人向往，以至于我们愿意去进行那些了解奥秘所必需的培养和训练。就像柏拉图说的那么美妙，诗人说出了“那种如微风吹拂一样触碰心灵的美，不知不觉中让整个灵魂浸入理性说辞的和谐之美”。那么，诗人的任务是“探求人生最简单朴素的准则，排除错综杂乱，通过热烈明快的激励人们高尚而宽厚的生活来给尚未堕落的时世发展注入新活力，揭示默默藏在人心中的秘密希冀。”

你的青春时代应该充满雄鹰一样的锐气——那是我们所有人都希望的！确实都有此感，要获得快乐，一个人能够做到的最好方式是尽可能长时间地保持年少时期的热情不变，因为那时的一切是那样的趣味盎然、激奋刺激，充满着新奇与欢乐。为数不多的人有着一种韧劲，一生中始终保持着那股精神活力。我记得，罗伯特·路易斯·史蒂文森[①]的一个朋友曾和我讲过，有一次，史蒂文森一个人在伦敦，虽然病得很厉害，但还是在我朋友的一次孤旅启程前夜来看望他；我朋友要在第二天一个人去旅行，因此到储藏室去取出他的行李箱；史蒂文森像孩子一样乞求我的朋友，允许他陪着一起到储藏室，他坐在一把要散架了的椅子上，周围是堆积的杂物，那种情景散发着一种绝美的浪漫气氛。但是，那种热情活力，伴随着年龄增长在我们多数人身上已很难再找到了；因此，我们现在需要考虑的是如何让顾虑郁闷远离，如何避免因无聊负重而沦落为仅是

① 罗伯特·路易斯·史蒂文森（Robert Louis Stevenson，1850—1894），出生于苏格兰的爱丁堡，小说家、诗人和旅游作家。——译者注

赶路的疲累的旅人。那么，我们不能寻求一些良方，去重新唤醒逐渐泯灭的情感，去重新燃起我们少年时期的激情，去战胜我们人生中的凄凉寂寞、日常琐事、陈腐无聊吗？

答案是肯定的，这是可能做到的，只要我们付出的努力不亚于我们追求自我安逸、节省金钱、摆脱贫穷时所付出的努力。情感贫穷是我们许多人都担心的事情，但是，如果我们渴望收获，我们就一定要有投入。我曾经说过，我们许多人囿于我们枯燥倦怠的教育。但是，即便如此，那也不是忧郁沉沦的借口，也不是丧失信心进而泄气地游荡于布满艰辛尘世的理由。

一个出色的人生导师有着超凡的能力，他不仅能够激发最聪明的头脑中最智慧的潜力，而且还能够令智力寻常的人信服知识的趣味和价值所在。如果我们没有机会亲耳聆听这些伟大导师的教诲，那么我们现在应该做的就是，去接触了解他们伟大的思想。我们也许不必要马上就碰撞出火花，而且这个过程或许还会发生不愉快的摩擦；一个人无法为别人规定道路，因为我们肯定都会沿着自己利益所在的狭窄小径前进；但是，我们肯定能够发现某个令我们重生、让我们振奋的作家；如果我们持之以恒地读其作品，我们会发现小径在慢慢地开阔变成一条通途，而且周围的风景也会渐行渐清晰。幸运的是，世上并不缺乏好的建议，如果我们发现自己无能为力，我们可以去咨询求助某个人，他也许有不俗的观点，他也许有饱满热烈的激情，他也许能够仁慈宽厚地处理生活难题。这是可以做到的，就像我们发现自己身体出现问题去咨询一位医生一样；在这一方面，我们僵化封闭的盎格鲁撒克逊人就常遭诟病，因为我们不能允许自己直率地谈论一些这样的事情，不能主动求人，不能寻得帮助；那样做对我们来说似乎就是鲁莽无礼和颜面尽失；但这实际上是一种无聊的顾虑，只能成为一种扭曲的虚荣，然而这种掩盖真实自我的、无声郁闷的自尊却往往表现得很完美。

我希望大家能有一个共识，我们应该实实在在地行动起来；正如爱默生曾带着一种常识性的认识和理想主义情怀豪迈地说道："驾上我们的马车向星星出发。"我们很容易在朦胧的感伤主义中迷失自我，我们很容易相信就是我们逼仄的条件阻止我们成为一个很棒的人。我们也很容易成为无可救药的物质主义者，也很容易相信枯燥沉闷是人类注定的命运。但是，思想的王国是无拘无束的，有一百扇门会向我们敞开，只要我们去敲门。再者说，这个王国不像现实中人满为患的国家；它无边无际，到处是未开垦的土地；我们只需要表明我们的诉求；之后，如果我们能够百折不回，就会发现我们的“心灵乐园”真的在我们的周围展开——还有别的什么地方值得我们建立城堡吗？这座乐园有着塔楼山墙的所有壮丽、幕墙城垛的所有威严、柱廊庭园的所有优美和厅堂廊道的所有宏大；这是我们自己建造的伊甸园；此后，也许那位骑士会从暮霭沉沉的森林中孤寂地策马而来，进入我们的乐园城堡和我们做伴，也许那位流浪的艺人会带来他的竖琴；我们也许甚至会接待其他一些来访的客人，就像那个夜晚在幔利平原[1]站在亚伯拉罕帐篷门口的那三个人[2]，关于他们的名字和家系无人问起，因为答案对于凡人来说伟大得震聋发聩。

①幔利平原，出自《圣经》，指的是靠近希伯伦的幔利树丛，也就是以色列祖先亚伯拉罕居住地亚摩利人幔利的橡树。——译者注

②“亚伯拉罕帐篷门口的那三个人”，在《圣经》中该三人指的是天使。——译者注

第六章

找回自我

文学描述的美好是一种高贵的东西，只有通过大量的铺垫并精心选择某些时刻才可能得以展现，这种东西就像没人知晓演奏者的弦乐音乐会一样，它的乐曲飘过某个醉人花园的门廊和爬满藤蔓的高墙撞击人的耳膜，那么，人生的奥秘就是那种文学描述的美好吗？当然不是。那是一种艺术本质的缩影，在现实人生中，愉悦的声音、香浓的气息、和煦的天气和甜美的陪伴交融在一起的时刻鲜有发生，那样的时刻太美妙了、太令人向往了，因此，对这种神秘的极乐世界的追随者就开始计划和渴望那样的时刻，并因为这样的时刻迟迟不来而生活的不开心。

如果艺术、文学不能使人产生品尝拥抱人生的新渴望并回到现实生活中去的话，那么它们就一钱不值。有时候，在阳光明媚的天气里，我会坐在窗边的椅子上写作，这时，篱笆围墙、高高的槭树、小教堂石砖屋顶在蔚蓝天空的映衬下在我的眼镜焦距处缩为一幅美丽的画卷，它令人陶醉，让人感觉即便到外面实景处观赏都不会有这种效果。我们喜欢欣赏这样反射和框定的事物，我们曲解了人生；我知道我们局限于天性，倾向于从众多经历中选择和分割某些经历并用那种方式理解它们。但是，我们必须学会避免如此倾向，要知道如果生活中的某个片段经过如此安排框定都这么美好，那么它本身一定会更美好。我们一定不要完全地依赖那些聪明之人的阐释——技能性的观点。如果我们从一位聪明的说教者或诗人那里学得了部分人生的品质和价值，那么我们很可能在其他方面也以此行事；我们一定要学会自己一个人走路，永远不要像一个无助的孩子一样渴望被领着走和抱着走。文化的危险之处（姑且这样讲），在于我们因诗人所爱而去爱某些事物；我们一定不要那样做，因为如果那样，我们之后就会逐渐畏惧和怀疑现实生活所散发出的强烈味道和巨大杂音，也会畏惧和怀疑辛劳和冒险带来的乐趣，更会畏惧和怀疑抚育生命和探知他的心灵，我们会在昏聩状态中徘徊，周围的一切会变得模糊，如同我们通过一道道树丛看到林间空地尽头的虚幻景象。本书无意标榜展现人生的所有快乐；其实，有很多东西书中也没论及和讲述到；但是它确实向某些人表达了一种恳求：那些必须忍耐人生命运的人，那些实现不了自己抱负的人，那些一天忙得昏天黑地不怎么得闲的人，那些整天想着吃饭、睡觉、工作、忧虑并把生活看作一成不变而不热爱生活的人——本书恳求这样的一些人应该懂得，即使境况很糟，只要意志不垮，他们的经历也可以是精彩、美妙和丰富的。因为人生秘诀就在于此，我们必须热忱地面对人生并积极地迎接挑战；即便我们面前有很多人生选择，我们也只有在学会了驾驭人生而不是任其摆布时才能战胜它。羁绊重重的人生更壮丽，因为它与轻松、自由、阔绰、无拘无束的人生相比更可能让我们感受到征服的豪迈。

在《玫瑰传奇》一书中提到了一个小的方形花园，里面有花坛和果树。其精美之处在于它的小巧、静静的流水、不起眼的水井（作者尤其在这里饶有趣味地讲到“没有青蛙”）以及水管发出的悦耳鸣响。同样，在丁尼生早期的一首优美的诗作中，带着晨露般的一股清新，他把《诗人的心灵》描绘成了一座花园：

这座花园，
中间是一汪喷泉，
跳跃着如同一道闪电，
带着低沉悦耳的轰鸣，
发出的光亮永远耀眼；
不分白昼黑夜，
从紫色的山峦来到诗人的心间，
尽管山遥路远：——
源头在山峦之上，天宇彼岸，

它唱着永恒的爱之歌汩汩向前。

那是我们都有的一种力量，在某种程度上是一种把天国之水引入我们心灵或使之流经我们心灵的力量——因为只要它们被引向这里，它们就会像水一样在最沉闷、最黑暗的地方流淌；而且，所处位置愈低，涌动的溪流就愈有力！我倍加谨慎，尽量不把这种力量之源描述得太过狭隘，因为它太可能附和我们所爱和我们所需。我不会说："爱这张或那种画吧，读这位或那位诗人的作品吧！"因为，过分顺从别人的指教，我们会失去自己特有的灵感。实际上，我也不会刻意表现自己鉴赏力多么纯熟完美、尖刻批评态度多么有力、对于特殊时尚和细微之处评价多么到位。我们知道，品透人生百味的大家，往往是越来越离群索居之人，他无法忍受自己身处无聊人群，他读的书籍越来越少，他几乎吃不下喝不下除非一切恰如他所认同的；和他在一起近乎自寻烦恼，因为即使使尽浑身解数取悦于他也是难上加难，他永远不会尝试碰碰运气，哪怕是有一点点平淡或无聊的迹象他都不会让自己浪费脑细胞。当然，只有在一定财富保障下这种人生才有可能；但是一个这样的人变得越注重这些，他的准则就会变得越发精深，在他的人生哲学中他就会越发觉得没有太多必要什么都尝试。人们肯定会认为这些人是在明确而委婉地表达：人必须无所顾忌地拒绝自己所不爱，人必须要和自己赞赏和爱戴的人在一起；但是后来人们发现不是这样，因为他们最终也成了这些悲哀的苦行僧中的一员，时间都花在了高台[①]之上，而且永远从下面搬起石头来使高台更高。

一个人不能让自己脱群和高高在上；当然不是说，人生一定要频繁地与人接触；但是人有必要去感受那种放松的舒适、毫不造作的坦诚、简单大方的质朴；内心喷涌的应该是碧空之下、青山之旁的奔流江河，它应该在我们这片不算宽广的地域上纯净地急速地流淌，并不断地与其他更多的快乐而渴望的心灵中静静流淌的小溪交汇。

在《珍珠》这首优美古老的英诗中，梦幻者似乎得到了死去的女儿玛乔丽的神圣启示，她告诉他“所有圣洁的心灵都

---

①此处的“高台”是指这些人所信仰的真经。——译者注

会得到同样的快乐——他们都是国王和王后”。那是一种神圣的王位，虽然没有臣民可以统治或呵斥，没有仆人劳作和服务，但那却意味着一种来自君王般的心灵上的绝对坦诚和安详，一种无须考虑自尊或权威的绝妙轻松和高尚。

我记得，在很久以前我被要求去和维多利亚女王会话，那时的女王已步入老年。当时我惴惴不安地由她尊贵的宫廷侍从引领到她面前。她坐在那里，俨然就是一个不起眼的小妇人，穿着简单朴素，双手交叉放在腿上，气色红润，一头银发，然而却给人一种并不传统的威仪，那种气氛远远超出了任何典礼与仪式，表现出来的那种血统与名望的尊贵和威严如同她穿着的朴素服饰般无须抢眼。她向我轻轻点了下头，微微一笑，接着便用孩童般甜美清脆的嗓音开始同我交谈。听着她的讲述，我感到很惊讶，因为她似乎对我本人以及我做过的事情一清二楚，而且对我的亲人和朋友的所作所为也了如指掌——看起来不像是在故意让我惊诧，而是因为她慈母般的心渴望知道这些也无法忘却这些。那种让人整个心灵涌现爱戴和忠诚的魅力，其实质并非在于她的高贵伟大，而完全在于她的朴素和仁慈，因为她不是热衷她作为女王的这部分人生而是整个人生。

那种王之气度确实让我们望尘莫及，这种东西取决于两个方面：一方面，我们要带着对生活的热爱来保持思想和心灵的朝气蓬勃，这恰是上天赐予的甘露；另一方面，我们不要索取权力而是要承担责任，争取人生中我们该得的那份而不奢望控制所有。如果我们想要的不是统治他人而是热爱他人，如果我们没有远离爱和关心，那么王之气度就会到来，而且离我们越近，我们越是感觉不到，因为真正实至名归的尊贵就该是那种我们并没有意识到的尊贵。

第七章

育人之道

大家都知道，个人的进步、世界的发展，都取决于思想的活跃。文明、法律、秩序而明确的人生也都将依赖于这些思想和情感。个人对生活中的舒适和安全度越来越高的认识只不过是这些思想和情感的体现而已。整个文明的目标应该是将所有人从世风衰败的状况中解放出来，这或许是我们到目前为止所预见的程度。但是可预见的更远的目标是一定程度地把所有人从悲惨苦差中解救出来，让他们感到安逸，增加他们的快乐和兴趣，如果可能，再进一步做到人类一出生就是来到一个父母纯洁的世界，并因此从根源上消灭恶习、愚痴和犯罪本能。现在人们越来越清楚地看到，文明颓废衰微是病态的头脑和精神造成的，且自我约束和正气勃发成为天性而非培养的结果。这一现象非常明显。一些人的目标是个人自由，那是一种应该受到约束才会让他人获得自由的自由，但是我们明白，如果那些有道德瑕疵的人不能教育他们子女如何道德地获得自由，我们对社会和政治自由立法是没有用的。也许，最大的希望是这类人能够很认真地考虑这个问题。

但是，正如我说的那样，我们才刚刚迈进这个阶段。我们只能就事处理事，我们得解决被道德污垢浸染、被幻梦引入歧途、被重心失衡所累的许多人的问题。当前的希望所在是努力发现某种激励精神的源泉，确保人们在成长过程中美好情感不被毁灭，而现在整个教育体系都该为此负责。这就像是一场智育活动，很少有举措甚或没有举措来提高人们的想象力，来培育人们的美感，来激发人们的兴趣，来唤醒人们正在沉睡的快乐感。毫无疑问，所有这些情感都静静地藏在许多人的心底。一个人只要对这些情感的综合影响稍加思考就会认识到，如果孩子生长在有着正面情感影响的家庭般的环境中，那么他们长大后通常还会拥有那些兴趣和习惯。然而，我们的教育既不可能使人高效地应对人生中简单的职责，也很难唤醒人心灵中的温柔活力。“你必须记住你是在翻译诗歌，”一个负责任的教师对一个正在分析维吉尔作品的学生说。“我翻译它的时候，那就不是诗歌了！”男孩回答道。我回想起了我的学生时代，想到了那些空旷庄严的教室、枯燥单调的学习氛围、沉闷无聊的讲说，既不能令人愉悦也无法让人理解。于是，我想到真应该让那些富于幻想的或美丽从容的阐释在我们的精神教育中发挥更大的作用。任何精明付出的重要目标——应该是让人愉快的——一定是藏而不露的，但不是太深而使人无法理解、让人萎靡不振。然而，如果一个人认为努力并非是为了快乐，那他就不会有耐心持久的爱美心灵。当然，一定会有人卓有成效地、充满活力地、生气勃勃地付出努力来克服重重困难掌握高深思想精髓，但是最终目的应该是快乐。我们应该清楚，对这些思想掌握的越透彻，我们的快乐就越深刻，而且，如果一个人因为没有理解一件事而无法享受它的快乐，那么他也就会因为没有享受到它的快乐而没有真正理解它。

在教育上，我们需要的是任重道远、未来光明的责任感，要去感受人生之广博、之神秘、之奇妙。就拿我受教育过程中的一个简单例子来说，我读过那些希腊和罗马的不朽经典，但是对于这些书籍未提到的社会环境、社会生活和人类活动我几乎一无所知。任何人不会认为这些希腊著作是热情洋溢的美丽之源，也不会认为它们是冲动本能地创作于最热情、最亲切、最灵感的生活，而那种生活却是任何民族都拥有的。人们对罗马人的那种严肃的、高效率的、有条理的、急切贪婪的特性了解甚少，而且诗歌中也鲜有涉猎，艺术上更是如此，直到这个民族的特性开始腐化并逐渐道德沦丧人们才有所认识。在那个时代，一个人学习历史就好像他在勤于法典、蓝皮书、公报和办公文件。一个人永远不会了解个性间的冲突，也无从知晓发起战争并制定原则和条约的那些国家的真正利益和兴趣。这种学习无非是在记载和记录那些恰巧留存下来的东西而已——就像对原始人的研究要清晰记载锋利的燧石一样。

为了下一代，现在我们必须做的是，不能把教育变成一个讲述事实和过程的干巴巴的概述论，而更应该努力让孩子通过世界历史中的某些生动的事件了解世界特征和构造，最终了解现实世界的某些本质，进而了解世界上的国家、世界上的民族、世界上人类的渴望、世界上存在的问题。那就是教育的目的，我们应该认识人生究竟是个什么东西，知晓它是一团多么明亮又多么微弱的火焰，知晓它会怎样地受到黑暗与迷局的羁绊，又会怎样地在有限的阳光夹缝里绽放生命与活力。

第八章

热爱知识

“知识就是力量，”古老的格言如是说。然而，在当今，从许多方面来看，这句话都毫无意义，因此，也很难从这句话中获得精神鼓励。我设想这句话应该源于这样一个时代，知识意味着通晓神奇的奥秘、通向财富的捷径、获得健康的身体、拥有一定的影响力。甚至现在，应用于人类实际需要的科学还有着某种类似的力量。电话、无线电信、蒸汽机、麻醉剂——这些都是赋予人类力量的东西。一个人有了发现也没什么好处，他不会把发现据为己有，更不会把这些发现用于自己的个人目的。他顶多是通过这些发现赚一大笔钱。至于其他一些类的知识、学识、学问，它们又是怎样使拥有者获益的呢？“当今没人钻研学问，”一位知名人士几天前对我说：“那么做不值当！最有学问的人也就是最清楚在哪个方向可钻研的人而已。”但是，在一些文学作品中仍然有一些东西让读者相信在牛津和剑桥还是存在着学术气息的。在小说中，这些与众不同的先生们会整个上午看文稿、晚上喝点儿波特酒，而实际上他们又在哪里呢？当然，在剑桥找不到这样的人。如果我觉得我在牛津能找到这样值得敬重的人物的话，我也会不辞劳苦到牛津去。而现在，这类先生已经成为精于世道的行家里手，成为养家糊口的顶梁柱。他没有时间钻研文稿，也没有心情品尝波特酒。上午一沓沓的试卷、晚餐一杯柠檬水是他闲暇时日的典型特征。不考虑私利而对知识的追求实际上已经在英格兰消亡了。就像比勒尔[1]说的那样，伊顿很难被奉为一个教育圣地，那么在何种程度上牛津和剑桥可算是文学研究的殿堂

① 比勒尔（Augustine Birrell，1805—1933），英国政治家、散文家。——译者注

呢？一个博学的人很容易被人想成是一个无趣的人，而且人们对他最好的奉承是——他看起来并非学富五车。

实际上，有这样一个国度，在这里知识受到极大的尊重，那就是美国。如果我们不注意，高雅文化将会弃我们而去，就像阿斯特里亚女神带着大英帝国的兴衰史，舞动着长裙一路向西[①]。

我的一位朋友给我讲了一件事。有一次他非常艰难地爬上佛罗伦萨的一座教堂塔楼，那是一座由浅色砖块儿建成的非常高的尖塔，我猜想他说的实际上应该是理石块叠建而成的，塔楼里空荡荡无人光顾倒也别有一番景致。他走出塔楼，来到了由高高护栏围着的一个阳台，在中古时期的画作中这类阳台似乎总是挤满奇装异服的人物，而现在这里也只有几个游客而已。熠熠生辉的城市在脚下延展开来，浑浊的河水急速流向平原，山坡上到处是绿荫环抱的别墅，远处则是暗淡的群山。在他凝望着这些美景时，另外两个年轻的美国游客也悄悄地来到了这座阳台，他觉得他们应该是一对兄妹。他们趴在护栏上默

① “一路向西”，暗指美国文化正在崛起。——译者注

默地远眺了一会儿，后来，那位哥哥轻声地说道：“如果我们要是对这里有所了解，再欣赏这一切该多么美妙啊！”像所有的美国人一样，他们渴望知识！看到那些高高矗立的房屋、那些奇异迷人的塔楼、那一片片阴沉沉的时隐时现地从一群房屋顶上露出的中古时期的宫殿，所有这些他们觉得还不够。这一切只能说明这里有过生命和历史、奋斗和悲伤，还需要阐释说明、焕发理想、重新赋予人性光芒。没有这些，这一切就是沉默无语、模糊困惑的，一个人就不知道是应该赞美还是哀叹！一个人不应该了解美的本来面目吗？如果一个人不想了解这些东西又能怎么办呢？雪莱在牛津时曾经这样问过他那位精干窘态的导师。如果一些背景知识使你眼前看到的更加生动、更加丰富、更加透彻，那么这些知识是积极的。也许，在英格兰我们太习惯于淡然地对待历史东西，以至于我们都忘记了传统的存在，并把传统看成像呼吸空气一样的自然，只是感觉这东西是一个令人愉悦的背景环境而已，因此，没人愿意研究它掌握它。很难说因为无知我们失去了什么，也很难说通过知识我们应该获得什么。也许，渴望知识是一种智力和情感活动的标记，而不能作为必须承担的责任——那只是一个是否有热情的问题。

诗人克拉夫[1]曾说过："了解《大宪章》在兰尼米德签署对我来说意义非凡，但是如果只知道宪章签署对我来说意义就不大。"宪章的签署对我们的自由权有积极影响，只有这一事件能够重新激发我们对自由权的渴望，了解宪章才有意义。我记得斯科特曾经愤怒地质问：

> 心灵如死水，从没想过这片土地是自己家乡的人，
> 他真的生活在这里吗？

我不知道苏格兰会是什么情形！约翰逊博士[2]曾不客气地说过，一位苏格兰人最高的期盼也许就是，谁能让他见识一下英格兰的高速公路；但是，在这里我想说，如果在斯科特之前有答案的话，那么在英格兰有太多心如死水的人了！英格兰人

---

① 克拉夫（Arthur Hugh Clough，1819—1861），英国诗人。——译者注

② 约翰逊博士（Samuel Johnson，1709—1784），英国文学史上重要的诗人、散文家、传记家和演讲家。——译者注

不是很有想象力；一位习惯于像安泰[①]一样跪下来亲吻果园土地的农民会被认为是一个疯子！

那么，我们就此应该得出可笑的结论，认为知识是无用的负担吗？抑或，如果我们真的这样认为，道理何在呢？我非常清楚，那么多的年轻人之所以对知识如此薄待甚或轻视，是因为他们接触到的知识在形式上太过枯燥，而且与他们几乎毫不相干。我认为，我们应该循序渐进地了解过去；我们应该从当前存在的问题和思想潮流入手，让人们知道自己是如何存在的；我们首先应该了解世界本来的面目，然后再慢慢爬那座高山[②]。但是，我必须承认，我们做的只是接受过去的历史，只知道雅典、罗马、犹太是三个灿烂辉煌的王国，而不去探究发展过程的来龙去脉，这样一来，当时人们那样生活、那样思维在当今看来就显得有些遥不可及、晦涩深奥甚至无法理解。

那么，我们教授学生学习古老语言时就是这种情形，不教授他们阅读分析，却让他们小脑袋里装满沉闷无聊的各种语

---

① 安泰（Antaeus），古代希腊神话里的大力神。——译者注

② “爬那座高山”，是指了解过去。——译者注

法。因此说，整个教育过程无趣而且很难有所收获；当我们用这些笨拙粗野的方式泯灭了孩子们的初始兴趣时，我们就会惊愕地发现，人生的过程好像就是完美实现所给定的目标并尽可能地游戏而已。

然而，学习活动毕竟没必要如此苦累无聊！几天前，我读了柯尔教授的一本关于中古英语的小书，收获颇丰。全书思路清晰、内容鲜活，让人有读的热情并能感受其中的乐趣。作者精湛的文学技艺如同一条清澈的小溪，读者可以沿着这条小溪轻松地走出平原寻到高高在上的群山之间的小溪源头，这时我会惊诧，为什么这么久以来没人给我讲这些美妙的事物，我是本可以理解我们的那些伟大文学作品的。我拥有的这类琐碎知识已经定型了，就像散落在铺展开的地图中一样。

因此，我也明白了，如果知识得以正确教授，它可以成为散发魅力、令人向往的东西，而不是虚张声势、令人头痛、懒于牢记的东西。

所有的孩子起初都有很强的求知欲，但是人们告诉他们问这问那是令人讨厌的，其实，很可能是这位被问到的大人根本不知道怎么回答但又不想表现出来无知。那么，当对于拉丁语法、西塞罗的《论老年》、恺撒的《高卢战记》等方面的问题得不到回答时，困惑的孩子私下里会下定决心要知道的更多来解决这些棘手难题。对于他来说，有血有肉的人是应该认识到创作这些作品是非常有益的，但他们却认识不到这一点，真是不可思议。

博学也是罪孽之源！这并非说要剥夺一个学者的学问，也并非说一个人只需要一点点儿的常识和想象力。一个小孩子怎么可能知道世界上一些最美的故事也会源于大量的磨难，他怎么可能晓得在戒备森严的大铁门背后潜藏着一个什么样的花园呢？

在这里我不打算讨论过去的课程设置，就像家长和校长曾经说过的：“他们必须学这门课！”给人的印象好像这课是某种鞭策手段——实际上现在也这样。我环绕着我那摆放着一排排书籍的书架，心里在想，这一排排的东西究竟给我带来了多少益处和快乐呢，我又是怎样地刻苦攻读它们，而这既不属于我所谓的教育范畴也不是出于我所谓的教育原因，同时我还在想，如果它们没有被用在正道上，这些书籍对其他人来说会意味着什么呢。

在他的某篇妙笔生辉的文章中，当谈及艺术时，佩特[①]说道："曾激发过人们伟大而热切情感的东西不可能完全失去它的魅力。"但是，我有时候怀疑，那些一直以来靠词典、语法规则、语法分析、课后留校和惩罚作业等方式教授的东西能完全呈现出它的魅力吗？我觉得，如果我们想让我们的年轻人对人类的思想之美及其表达之妙产生兴趣，我们就必须彻底扫除陈旧的方法。但是，尽管我们漠视生活中的美好与乐趣，尽管我们虔诚地相信语法灌输的益处（已经有大量事实证明它的无用），可我们仍然还会是一个未开化的民族。开化与文明并不在于商业的繁荣，甚至也不在于快速列车上优质服务这一类事物。文明存在于及时的理解、浓厚的兴趣、强烈的同情……至少我是这么认为的。

"我像白鹤或燕子一样悲鸣啊！"悲伤的先知曾如是说。我

① 佩特（Walter Pater，1839—1894），英国著名文艺批评家、作家和散文家。——译者注

这里所写，并非悲观，亦非批评，更非裁定，也绝非浪费口舌去嘲笑他人的人生准则！我认为就我们目前现状我们做的尚可过得去，但我们要认真对待教育，认真思考我们是否真正投身于知识和艺术事业，是否在这些领域努力地培养我们的年轻一代。我们确实培养出一些有知识的运动员，也把一些猛勇之辈培养成稍有教养之人；但是与此同时，大量的时机、好奇心、智力、品位、兴趣、快乐都稀里糊涂地流走，就如同波涛汹涌的河水流经泥泞的平原、绕过狭长的海角和光秃秃的岛屿，最后汇入大海。那是一种损失、浪费和愚蠢行为，我对此深感悲哀。

第九章

感悟成长

尽管人们拒绝承认，但是随着年龄的增长，很多人开始明白了：无论如何，思想不会成长，观念不会改变，生活不再是朝圣，而是马拉车那样的旅行。马拉着东西，别无选择，它不在意货物是什么……管它是芜菁、干草还是马粪呢！它要是想的话，它想到的是马棚和食槽。人到中年，不愿尝试，也就没有了冒险的意识。他们自己构筑一道城防，基于偏见和固执的信念垒起一个心理的避风港。没有了风雨的历练，断然就没有了什么希望。风光如此熟悉，如水的心境没有一丝的顾恋，对于山的那边、河的对岸丝毫不理。

当然，我并不认为人们应该慢待生活，放弃当下厌恶至极的工作和职位，听任心情的驱使。我只是言表一下可能经历的心灵冒险。生命中心系一份工作，无论心仪与否，哪怕你进展缓慢，极不情愿，哪怕你情绪低落，烦躁不安，能够做到尽职尽责，这固然都是有益健康，令人欢欣鼓舞的。但我们的思想不应该被传统和通行的观点所禁锢。我们要扪心自问，为何我们相信理所应当，是否我们真的相信。我们不应该谴责思想和我们不一致的人，我们应该改变我们的思维，这种改变不是出于轻浮而是源于经验。我们不应过于看重当下的所作所为，不应轻视做过的一切。我们应该找到一个共同点来面对和我们意见相左的人，我们要全力抵制自怜和自恋，我们要知道机会丧失都是由于自己的大意和蠢笨。自恋比自怜更加微妙，因为一旦人们没有了荣誉概念，那么他就会因此而飘飘然，因此，我们应该极力避免，就像本能地回避一股异味。更重要的是，我们应该相信，只要愿意尝试，我们可以改变自我，我们可以将良知和责任与性格联系起来，结交某些人，看某些书都会对我们产生影响，促进我们的思想成长和心智发展，让我们领悟生命的美好。正如那位古板的家庭女教师[①]在《雪莉》中反问的那样：“对于人生准则的宝贵价值，你能怀疑吗？”人们获取并持有清晰而非混乱的人生观是可能的。而且庆幸的是，任何领域的人都可以做到，无论身处何地，从事何种工作。这就是思想的美妙所在，就像一个挂在花园中的系留气球，人们可以爬进去把它放飞，但是正像我讲过的那样，很多人往往最后把气球拉下来，放掉空气，包好放在了货棚里。当然了，能够这样做的人个性千差万别，但可以断言的是，很多人在回首年少往事的时候非常清楚，他们内心深处的某些汹涌澎湃已经失掉了，同时失掉的还有某些幻想希望以及微弱但熠熠生辉的理想。为什么失掉了？为什么在生活的庇护下他们安定下来？为什么他们蜷缩起来，躲在舒适惬意的言论之中？我断言，这主要是源于精神的懒散。很多人这样告诉自己：“毕竟，重要的是在这个世界上有一个稳妥的位置，我必须为自己争取一

① “家庭女教师”，是指《雪莉》的作者夏洛蒂·勃朗特。——译者注

个，杜绝一切胡思乱想，等我拿到了退休金，儿女生活无忧之后再考虑那些事。”到那时，这些脆弱的不现实的想法也都消失了，再也找不回来了，毕竟凭着这些小心谨慎和粗枝大叶的计划是不能获得幸福的。

因此，我认为，从一开始，我们就必须锁定某个与众不同的目标。我们不能目光短浅，我们必须保持视野的开阔。在这里我的建议绝非不切实际。只是一种深谋远虑，一种更加谨慎的智慧。我们必须告诫自己，无论如何灵魂都不应该退却，如果我们发现心灵已经失去了趣味和自由，我们应该感到焦虑，就像我们的肉体失去了欲望！

当我们在工作中各司其职时，我们应该为另一个堡垒——“心灵乐园”打基础，我这么说，绝非比喻的措辞，而是理智的保证。要紧的是，我们应该在安静的水流边为这个堡垒选择一处更加自由的地点。为了我们自己，我们应该对它好好规划，设计花园和农场，期盼上帝赋予的绿地、恩典和丰盈。也许我们建造的步伐比较缓慢，期间也会不断地修改我们的设计，但这都是由我们自己的信念和希望所建，就像鹦鹉螺贝壳的成长发育过程一样。

我谈论的不是个人工作上的自我完善，也不是在谈论影响职业和人际关系的企业文化，更不是在谈论精神准则和万能的原则。“心灵乐园”不是工厂也不是旅馆，它的建立完全是为了我们的愉悦。我们必须追求这种愉悦，因为它注满生命的河床，激发人们的斗志，让人充满活力，使人面目一新，逗人开心，引人入胜。无论如何，这座乐园必须是令人愉快的。它必须接纳我们笃信的宗教，他人心灵的美好，也要接受艺术、诗歌、传统及对自然的热爱，还要包容不同职业和我们所追求的兴趣。它不必包含一切，因为通过自我审视和坚决的自我约束，我们通常会做得更加出色。不用迷信哪种书，哪些画，哪些曲调，我们就可以做到。如果迷信那些，我们最终会陷入思想的囚笼。我们要融入人生背后更高的精神层面，接受我们千变万化的心潮澎湃，这样才会使得我们不满足于凡尘琐事，而是以一种力量呈现出来，无论是什么，它都会穿透生命的外壳，就像破土而出的花朵。我们无聊痴钝、乏味顺从，这些都源于缺乏对这种力量的认识，而这种力量对人类有着无与伦比的影响，没有它，生命将会变成一片荒漠。在英格兰，如果我们想要的只是愉悦，很多人都会陷入深深怀疑，这有可能源自清教徒的传统，担心我们屈从于欢愉的影响，害怕由于纵情娱乐会受到报应，相信这么做会招致“上帝之怒”而胆战心惊。如果我们说“今天我之所以很开心是因为一些坏事一定会降临到我头上”时，我们许多人心里一定是怪怪的感觉。确实，磨难在所难免，但是不要让它破坏我们的快乐，相反，要使快乐为此而升华和强化。那些追求快乐的人常常会用悲伤武装自己，并从中受益。

我们一定要致力于充实的人生，不能因为谨小慎微而裹足不前，我们必须胸怀开阔、勇敢向前，坚实地阅览人生，培育对人生的热诚和希冀。而且，我们也必须小心，思维的框框不过是一个虚荣的吝啬鬼，正是它让我们相信，“我确实不应该喜欢那个人，那本书，那个地方！”那是我们必须予以回避的，正是它终结了我们自己发展的无限潜力。

我的脑海中经常闪现《寓言集》中的一个章节，其中讲到了一个被上帝抛弃的人，他的快乐虽说确实不应该是他灵魂所追求的，但他始终信守一直误以为是快乐的愉悦心境，我敢肯定，那也应该是人们看待人生的心境。他大声疾呼：“那些快乐袭击了我，然而我却没有疼痛；那些快乐折磨了我，然而我却没有感到折磨。我何时能够醒悟？我会再一次探索。”

第十章
崇尚情感

我们英国人有些古怪，一点儿不假！司汤达说我们英国人最独特的两个缺点就是忸怩含羞和言不由衷。那就是说，我们不敢把我们的想法说出口，当我们有勇气说出口时，我们说的也不是我们心中想的。我们是一个骨子里渗透着多愁善感的民族，很容易受感动而且也愿意被他人感动。我们的心里常常为情所困，常常被那些生动形象的东西所左右。但是我们又为那些情绪化的东西而感到可耻，这一点很奇怪。没有了坦率和真诚，我们心中充满了做作，自称没有受到内心情感的影响。男人和女人到底应该怎样做，我们对此想法却有些不可思议。其中一个虚伪的观点是，男人就应该不为情动，正如我们经常爆粗那样，为情所动的那类事情“只有女人才会做”。然而我们大多时候还是说些顺耳动情的话，我们之所以喜好这样的辞令在某种程度上是由于我们羞于直白。到头来，我们自认为是一个坦率直接、心地善良的民族，但是我们却给人一个生硬僵化、无礼粗鲁、自私自利的印象，而不是更加亲切和蔼的国民形象。我们可以为自己进行辩护，说情感本来就是不可谈论的、珍贵的而又神圣的，尽管我也一直认为，如果有人说一个事物过于神圣而不可探讨，那么他很可能也是说它过于神圣而不可多加思考；据此来说，如果一个理智的英国人能够直抒胸臆的话，那么这些情感该会是多么的细腻啊！

我们还有一个很大的毛病，是对物质财富的追求，导致我们推崇“物质化”品质。占有本能和情感天性之间的斗争造就了我们的忸怩，我们害怕暴露自我，害怕被利用，我们崇尚地位、身份和面子；我们想要了解他人，他的身份，他的权势，他的财富；但这些都有害于我们的真诚，因为我们评价他人的标准不是看他真正的价值，而是看他积累的权势。直到我们意识到物质财富没有那么重要的时候，我们才会崛起为一个真正的大国。目前，我们的发展在世界上可谓欣欣向荣，我们秩序井然，我们创造财富，我们传播资本主义文明，但还不是一个完美无瑕，富有成效的文明，因为主要涉及的都是物质上的内容。我并不想谴责我们这个民族，因为它有魄力，有韧劲，有出色的运行机制，但是，当我们拥有繁荣时却不知如何面对，我们没有充分地享受到快乐，我们所谓的成功就是拥有一幢设备完善的住房、开销不菲的娱乐、无聊高贵的好客，尤其是这种待客方式，与其说是让客人尽兴不如说是获取自我虚荣的满足。

世上没有哪个国家的国民心甘情愿这么无聊下去！我们思维怠钝，生气不足，甚至缺乏智慧和趣味；愿意在这样氛围中生活的人往往都是耽于空想、性情古怪并有些艺术特质的人，但我们民族并非一直这样。在伊丽莎白时代，我们包揽了一切发明创造，人们崇尚冒险精神，独步天下而心生自豪，但当时人们对人性仍有浓厚的兴趣，对不同的观念仍有强烈的喜好，对美好事物和思想仍有深深的眷恋。清教徒起义将一切击得粉碎，但至少清教主义思想对精神道义情有独钟，并引发了一场对有违上帝罪孽的激愤绞杀，这无论如何都是知识蓬勃发展的一个标志。之后，我们确实沉溺于安全舒适，固守于陈腐的古老传统，一方面是浮华夸张的文字，另一方面是干净利落的文笔充满着睿智却不见了幽默。那是一个沉闷、冷漠而又高贵的时代。那个时代可以从一个天才人物的缩影得以体现，这个人物浑身充满着英国人推崇的挑战精神，他就是约翰逊博士。在他无可匹敌的传记中所描绘的那种气度和风格，确实给当时的英国文坛带来了颠覆性影响；因为约翰逊写作的精髓是他清新的风格，在他的笔下，那些起伏跌宕的句式像帕拉弟奥[①]的建筑那样咬合穿插，但是他的模仿者却不知道那种清新的风格是绝不可少的要素；因此，那种浮夸的传统影响了英国散文整整一代人。但尽管如此，在十八世纪的小说中突然出现了对生活及人生百态的热切关注，这一潮流如同一股清泉把

①帕拉弟奥（Andrea Palladio，1508—1580），意大利建筑师。——译者注

英国文学从高贵庄严中解脱出来。之后，我们进入了维多利亚时代，在某种程度上我们被社会繁荣、科技发明、商业发展和殖民地化所湮没。但在这个世纪也出现了一些重要的历史人物——卡莱尔、丁尼生、勃朗宁、拉斯金、威廉·莫里斯——他们所说的话都深深地影响着后人；他们那种对人生百态及生命意义洞察的渴望，那种充满希冀、不满和深深情怀的气息一直都在，永不磨灭。

科学的广泛影响也许抑制了我们对于美的追求，但这很可能是暂时的。早期科学家给人们带来了深刻影响，人们盲目地认为科学家能够解开一切谜团，能够将一切分析深入元素层面，再进行分类并得出自然法则；而且人们还坚信，人生的方式和过程也会被彻底揭秘。但进一步研究发现，人生比想象的不知道要复杂多少倍，研究结果还是一片混沌，尽管科学曾一度对于信仰和思想的刻板体系造成极大的冲击，以至于人们认为美仅是对法则的偶然关注，对于美的热爱可能源于人们对某种物质的偏好。

面对化学家的挑战，艺术家曾一度陷入失落，因为化学家认为，泪水的物质成分可以解释人类情感的原理；科学精神一度把艺术精神逼进了小胡同。结果，艺术家们都像上帝的先知一样退隐山林，三五十人一群，隐居洞穴，仅靠面包和清水为继。

现在我认为，使得艺术遭受重创并显得相形见绌的原因是艺术家受到了物质生活的错误标准的影响，他们不甘于清贫简朴的工作，而是像所有喜欢掌声的虚荣之人一样，急于分享腓利士人的战利品[①]。我知道，也有根本不在乎这些的匠人，他们只是在默默无闻地打造着他们眼中那些引人入胜美轮美奂的艺术品，但是这种人很少。当对比一些国家的人们生活得更丰富、享乐和舒适时，当安全和尊敬更多地取决于财富时，艺术家们也开始渴望获得财富，当然更多的是为了获得体验和享乐而不是财富积累。

人们渴望见证的是雅典人的精神，因为这种精神是以一种心灵探索和艺术表达形式寻求思想观念和美丽情感上的满

① “腓利士人的战利品”，《撒母耳记》上4章1至11节记载了以色列人与腓利士人的两场战争，一次比一次惨败，连神的约柜也成了“腓利士人的战利品”。这里指注重物质生活的艺术家亵渎了信仰。——译者注

足；如果人们专注于这种精神，满足于此，就能让物质虚华像泥沼一样流走。然而不幸的是，英国人的精神是封闭的而是不开放的，艺术家的精神是嫉妒的而不是包容的，因此，艺术家和思想家未能有机结合而构建出自由简单的生活方式，相反，他们往往生活在代价高昂的孤堡或世外桃源中。英国人的精神是有悖于群体意识的。如果人们倡导群体精神的话，他们就会很容易结群而居，培养共同的爱好和志趣，彼此启发追求美好事物，实践炽热的信念和恢宏的理想。但这种群体方式不是靠人为来实现的，一直向这个方向努力的只有一些艺术家，他们偶尔聚集在一个地方，对各自的追求毫无保留，畅所欲言。有时候我接触到那样类似的群体，即使不深入，往往也会陶醉于一种狂喜情绪之中，陷入一种更加自然的精神交流之中，这是我在别处无法找到的。但是世俗的东西往往渗入其中！家庭关系、金钱利益和公民权利等会令这个群体分崩离析。令人想想就伤感的是，这样的交流在年少时，也只有在年少时才有可能，这一点在那本优秀感人的作品《特里尔比》中可以看到，该书真切地反映出轻松交流的伙伴所带来的愉悦之感。但是随着青春朝气消退，天真无邪远离，之后便是陷于生活洪流。也许有那么一天，生活变得更加简单，财富更加平均，工作更加公允，没有必要的东西不再生产，这些群体便会自行出现，年轻人的坦率、热情、富有朝气的精神定会持续到中年甚至是老年。我认为这绝非梦想，但我们首先得消除对金钱和地位无意义的浮华，因为它现在正腐蚀着很多人的人生。如果我们对美及人生魅力与快乐报以诚挚的热情，我们就会更少考虑物质得失，对于现有的衣食住行心满意足，我们也就不愿意为获取那些没有实际意义的东西而浪费时光，因为那样，我们只会像一个富裕的傻瓜在生命尽头为拥有多年积攒的大量物质财富而沾沾自喜。

第十一章
重拾记忆

对于很多人来说，记忆是他们在诗歌中寻找满足的唯一形式。在伤感厌倦和失望的当下，如果有人向未来寻求慰藉，那么希望和力量有时可以从宗教信仰中获取，但如果人的灵魂具有回溯的功用，那么诗歌也具有这一属性，原因就在于诗歌不是与可能的和未知的事物，而是与真实存在的美和客观存在的事物有关。这样，人们可以在回忆中为阴郁的生活找到解药。当然，还有很多简单有益的事物与未来无关——生活琐事、日常快乐等，这些都是人们非常渴望的。但是诗歌的功能不是轻而易举就能实现的，因为它具有理想化倾向，通常认为当下理所应当地会更加开心，更加乐观，更加完美。

积极灵魂一心向前，
洪福齐天也会胆寒。
哪怕换成另一天地，
疾呼绝不垂头丧气。

因此，亲历过、快乐过、忍受过很多的灵魂，人生未被践踏的灵魂，当然也是在感知幸福因素并非如人所愿般纯洁时未被阴影笼罩的灵魂，他会回想到过去拥有的关爱和陪伴，就像带着浩如烟海的老照片和记录从黑暗中醒来并再次触摸它们，真的如同抽离所有的琐碎时光和干扰焦虑，把这些老照片改编成它们本可以成为的样子而非它们实际的样子。卡莱尔指出了其中的真谛，他说，对过去回忆的画面为何总是充满如此珍贵的情调，如此细腻的轮廓，原因就在于回想中没有任何担心。而这种畏首畏尾的担心遮蔽了当下的快乐，如果我们没有了这种担心，我们自然就快乐了。奇怪的是，我们不知道如何才不会担心，即使我们经历的所有的黑暗和伤心都令我们毫发无损。如果我们能够找到人生中夹杂着担心的原因，我们早就努力去解决这个世界之谜了。

只要不是过早地沉迷回忆或者不致使我们脱离必要活动，沉醉回忆未必会使我们意志消沉。回忆并不是经常伴随着失落或者痛苦。我记得，有一次我和家里慈祥的老保姆坐在一起，当时她已年近九旬，独居小室，内置很多老旧的所需家什，小巧的幼儿专用的座椅，橱柜镶板上贴着农家小院的照片，还有宠物小鸟的风干标本，这些常见的东西都是生命的见证，我们回忆起我儿时的那些开心快乐的故事。我起身离开时，她坐在那里一动不动，眼含热泪，“啊，那时都是快乐时光啊！”她说。语调中不是哀怨，不是任何要忘怀往昔幸福时光的流露，而是记忆深处留存的美好温柔的默默喜悦，它既不能被篡改也不能被夺走。人们不会看到老年人在回忆过去的细枝末节时有丝毫的悲伤，而只会看到他们的自豪和热情，这些老年人对过去的记忆十分清晰，而对当下的记忆却渐渐模糊。正如阿尔弗雷德·丁尼生在他那优美感人的诗篇《泪水，无端的泪水》中所表达的那样，对过去的伤感更多的是年轻人的特质。安详暮年所有的更多的是一种成就感，安然度过命运的风风雨雨，将人生的悲剧远远地甩在身后。通常，即使可以，老年人也不会要求人生重来，他们不会对人生感到失望。总的说来，他们已经实现了自己的希望和梦想。正如歌德那句深邃不朽的名言所说："一个人年轻时的梦想，在年老时候会得以实现。"人生中最匪夷所思的事情之一——至少我的经历是这样——是如何获得一个人真心想要获得的，而不是如何获得一个人本应该获得的。在琢磨自己那些微不足道、愚蠢至极、甚至异想天开的愿望最终不折不扣按部就班地实现的时候，我有时都会感到不可思议甚至目瞪口呆。我们大多数人确实实现了自己的理想，一般来说，我们没有得到某些东西，只是因为我们的欲望不够强烈。确实，我们常常发现自己所渴望的东西不值得拥有，而且我们之所以更担忧我们的欲望，并不是因为我们不应该拥有欲望，而是因为几乎必然全部实现了这

圣·弗朗西斯

柯勒律治

拜伦

勃朗宁

华兹华斯

罗塞蒂

济慈

弥尔顿

雪莱

拉斯金

罗伯特·路易斯·史蒂文森

乔伊特

比勒尔

佩特

西塞罗

约翰逊博士

卡莱尔

帕拉弟奥

亨利·菲尔波茨

威廉·詹姆斯

司汤达

霍勒斯·沃波尔

乔治·梅瑞狄斯

些欲望。我自己有点愧疚，当下的情景与我年轻时的理想是多么的相似，是那般的幼稚而没有个性。无意识之中，我在追求、在选择、在接受这些理想，而且让我感到羞愧，因为如果当初有更高的追求目标，现在一定也成功实现了。我在很多熟人身上也看到了同样的情况。种瓜得瓜，种豆得豆！通常可以这样理解，如果一个人年轻时只追求享乐，那么他最终就会倒霉，如果一个人年轻时追求渺小、琐碎和愚蠢的快乐，那么他最终的收获也将是渺小、琐碎和愚蠢的，然而“种瓜得瓜，种豆得豆”这句谚语的真实含义远比这可怕。实际上，在很多方面上帝是一个纵容我们的天父，就像寓言《浪荡子》中的那位父亲一样。如果我们能够参透其中的道理，其实上帝所给的最有效的责罚是，他微笑着把我们最欲求的东西给予我们。因此，我们应该祈祷上帝把高尚的欲望植入我们的心中，祈祷我们用意志力控制自我不去过多地考虑那些微不足道的可怜欲望，这样才可以避免这些欲望得到满足。

因此，回忆的时候，翘望人生走过路并感受上帝的宽厚仁慈真的是一件非常奇妙的事。上帝十分清楚，如果我们得不到我们所欲望的东西，我们就不会明白这些欲望的东西毫无价值，所以上帝只得把这些东西给予我们，因此，我们没有理由怀疑上帝慈父般的善意，因为正是他极力安排人生让我们开心。我们没必要想当然地认为，他会通过严苛而激励的准则引导我们，当他赐予我们欲望时，有时也同时让我们的心灵变得贫瘠。当一个人的年纪逐渐增长，知晓他人的某些人生奥秘的时候，给他最大的打击之一就是，那些看似不堪忍受的灾祸，芸芸众生却常常可以轻松平静地面对。当预期的灾祸到来时，一个普遍的经验就是，把它看成比我们原先预想的灾难轻得多。这样在重击之下，我们就可以说："就这些吗？"在那本精彩的《瓦尔特·斯科特爵士日记》一书中有这样的描述，当破产的危机到来，当他一直热衷执行的规划和设计突然成为空中楼阁时（他投入的热情如同孩子迷恋他的玩具城堡、他的王国、他的疆土），他却带着几乎是一种愉悦的惊喜在日记中写道，他发现自己实际一点儿没在乎，相反，有些人和他说话时带着柔和怜惜之情，好像他在经受着灾难的折磨，不过，这些人很快就会惊奇地发现他竟然和平时一样的快乐和无畏。对于充满活力的人来说，人生是一种轻松愉快的游戏：尽情玩乐的同时让自己相信，人都在乎掌声、财富、豪宅、舒适、安逸以及这种游戏所带来的一切便利。然而无论男女，只要是有点儿高尚情怀，当游戏被突然打断，玩具被清理到一边时，他们就会发现没有玩具做事和调整自己适应新情形也同样令人兴奋和鼓舞。之前的游戏不错，但新的游戏更棒。把游戏看得过于认真，考虑的过于严肃就是游戏的失败，诚然，失败是令人不安全的。但是，如果一个人愿意感受经历，并且看透物质与人生的格格不入，参透物质对人生影响的微不足道，那么这种游戏的变换就是令人愉悦的。

鼓舞我们的是游戏的精神、过程和活力，而不是某个特别的玩具。因此回忆过去不应使人伤感，而应令人轻松愉悦，兴高采烈才对。那种游戏的精神继续，我们前面还有很多经历要去感受。令人奇怪的是，我们的伤感都浪费在了毫无生气的事物上。我们把周围的事物，如我们的住所、我们的桌椅，似乎看成是和我们密不可分的。当属于我们的老房子转手他人时，我们感到好像房间会抵触新的入住者；好像我们的沙发和柜子在他人之手会不自在，好像它们更愿意破烂不堪、落满灰尘地待在我们自己的储藏室里，而不是被一些别的什么人快乐地使用。这是一种幻觉，我们必须尽快摆脱。这是最脆弱的那种伤感，然而却像某种雅致高贵的东西一样受到许多人的珍视。如若屈从于此，就是给我们人生套上自我强加的奇异古怪的枷锁。要说我们不喜欢生活在熟悉的环境，这毫无道理；但因为失去了这些而心伤不已却真的是在贬损我们自己。我们必须学会很轻松淡然地对待生活琐事；把我们自己囿于琐碎的纠结中就只会导致乏味无聊，坠入精神麻木的深渊。

因此，即使是我们最久远的回忆，也必须同样地以轻松自然的方式对待。我们必须尽量忘掉悲痛与灾难。我们千万不要把悲痛请进神社，再设置一个祭坛，为悲恸找一个理由。我们千万不能因为快乐逝去而心痛不已，在其墓前肃立默哀并将其视为一种荣耀，侠义和高贵。

如果这样做，我们必须坦白地承认，这是一种软弱，一种精神颓废，千万不要认为这是别人应该钦佩和尊重的事。这是十九世纪最为低俗的情感表达之一，充分体现了人生的堕落，那时人们认为心怀悲恸，在泪水和叹息声中坚强地生活是一件幸事。十九世纪小说中无助的寡妇，身披黑纱，悲痛欲绝地哭天抢地，则完全是讨人嫌的、做作浮夸的一幕。这种做法当今已不常见，而且被视作荒唐落后的把戏，这是我们充满生机的表现。一个深陷悲痛的人千方百计想要振作起来，恢复活力，不把悲痛的情绪带给他人，这样的人有侠义情怀，能得到他人强烈的同情。如果一个人整天悲伤让他人产生不适感，并且一心想让别人认可其忠贞和诚挚，那么他是得不到任何人怜悯同情的。

当然，有些记忆和经历必定会在心中打下深深的烙印，这种影响是十分强烈的，人生走向必然会由此而改变。但是，即便如此，最好还是把它们极力忘掉，让它们离我们越远越好——无论如何，不要沉溺其中，也不要触及。屈服就会耽误朝圣的路程，就会心力憔悴地倒卧在路旁。路还是要走的，一步一步地走，虚弱无力也要努力前行，这远好于在绝望中瘫倒。

寡居的查尔斯·金斯利[1]夫人一次对朋友说：“当控制不住想念查尔斯的时候，我就会逼迫自己读最动情的小说。他就在那里等着我，心是用来付出爱的，不是用来悲伤的。”

随着岁月的逝去，甚至最糟糕的记忆都会变得优雅和美丽，这是剧痛过后，精力消退之后，造化的慷慨赠予。它们就像残破的古老的灰色城堡默默无闻地矗立在绿色的山冈上，城堡脚下还有小村庄，墙垛上长满杂草，护墙上有乌鸦做巢；它们又如峻峭的小岛，汹涌的大海将其与高耸的海角隔离开来，海蓬子在小岛的石缝中吐出嫩芽，海鸟在岛上栖息，小岛四周波浪翻涌，小岛之上是吹向大陆的疾风，终日不绝。

---

①查尔斯·金斯利(Charles Kingsley，1819—1875)，英国作家、牧师。代表作:《奥尔顿·洛克》《酵母》《希帕蒂亚》《向西去啊!》等。——译者注

第十二章

再拾记忆

但不要忘记，毕竟记忆也有另一面，而且这一面往往是悲伤的；也不要忘记在急剧衰退的生命里它似乎常常会变得辛酸而有害；而事实并不该如此。我想描述一点我自己的经历，虽然这段经历令我诧异，但它清楚地向我表明如果用记忆来给养精神，那么它会是什么样，真实的它又是什么样。

不久前，我去了一趟林肯市，我父亲曾在1872—1877年间在这里担任教士和校长。自从离开这里之后，我只来过一次，那还是二十四年前的事。我们住在这里的时候，我还只是个伊顿公学的小男孩，所以只有放假的时候才回到这里，回忆起这个地方除了记得学校假期这一难得的优势外就再无其他。而且，那时我们家人也没有什么困难、疾病和灾难。在我的记忆中，那时候林肯市的大法庭也没什么不幸甚至悲伤的大事件，不管怎样就是没有痛苦的回忆。试问，有多少人能够对庇护他们如此之久的家庭做那样的评价呢？

当然，抛开记忆和联想，林肯市自身就是一个能燃起情感的地方。在天气晴朗的日子里，整个小城散发着绚丽的色彩——建造教堂的石头呈现出丰润的暖色调，风化的地方则呈现出美丽的赭石色，除了成群的教堂和高耸的尖塔给人一种无比严肃的感觉，整个教堂看起来有种家庭的温馨。林肯市光滑柔和的砖墙、鲜红的屋顶瓦片（有什么能比从对面山坡的花园中眺望古老宫殿砖瓦的生动鲜活的一抹红，更令人心驰神往呢？）、烟熏色的房屋墙面、漫山遍野长满树木和灌木和绿植的古老花园、一片片绿地、爬满植被的房屋，整体看起来色彩丰富，充满生机，壮观华丽。

我在教堂周围转了一下，慢慢走近，并开始感觉到，儿童时期一直所进行的探索是多么没有冒险精神。这是真事，我们这些孩子曾拿着父亲的总钥匙，从教堂的一头乱窜到另一头——多少个阴雨的早晨就在这里度过——所以我知道教堂的每一个楼梯、走廊、天窗、护墙、拱廊和穹形屋顶——但接近它时我发现许多屋子、小巷、小街道其实我并未见过，甚至怀疑过它们的存在。

教堂里随处能够唤起有关逝者的记忆，某个人生过客的清晰画面会出现在脑海——一位善良的教士，一位年轻的朋友，一位利未人[①]或殿役，或者由于不明原因而被教堂宣告为世敌的某个老住户家的儿子。

但当我真的看到老房子时——几乎没有改变，还是如回忆中那么清晰——我很惊讶地发现，幸福的记忆小碎片似乎从每扇门每扇窗如洪流一样袭来——游戏、美食、戏剧、文学课业、阅读、讲故事、带着迷人的无休止的却又毫无意义的伟大目标游荡（虽然这些目标还未来得及执行或实现就被遗忘或改

①利未人（Levite），是利未的后代，摩西来自利未部落。——译者注

变，但都是孩子们独守的秘密）。

我记忆中最美好的是在僻静的后花园和城墙的旧塔度过的漫长的夏日午后，花园灌木丛生，高高的围墙里还有果园。这些都成为勇敢与冒险游戏中的坚固堡垒。我可以看到身穿长袍的父亲的身影，他手里拿着一本小书，天还未亮就在床旁来回踱步，为牧师琢磨次日还未成文的布道词。

我记得我们这些孩子间的关系不怎么密切；大家在一起就像育儿园一样，是基于善意的宽容和民主的尊重而结合在一起的自由社会；虽然也分派系、部门、政治立场和外交；但它是友好热诚的而不是感情用事的，是因共同利益而联系在一起的而不是靠相互付出。

譬如，我想起来的一件可笑的事。我们家一楼有一个中世纪的小房间，比较古怪，但为了学习，就作为了我和哥哥的书房。我猜测，八岁左右的弟弟为了显示自己的能力抑或抗议一些可能受到的委屈和侮辱，一天早晨，趁我们不在，悄悄来到这里，从炭火中铲了一锹火红的木炭放在炉边的地毯上，就溜之大吉了。还好火灾被及时发现，当然罪魁祸首也被揪了出来。然而，对这一“犯案者”所给予的宽容，就连幼儿园最耐心的阿姨都望尘莫及。

这只是其中不同寻常的一件事。我本人有点儿害怕触动情感的回忆，这通常于我来说似乎会勾起一种特别强烈的难以忍受的痛苦。一般来说，我不喜欢旧地重游那些我曾钟爱和度过快乐时光的地方，因为这无异于刻意地去挖掘已埋藏的幸福记忆并导致不必要的、无谓的痛苦。

不过，令我惊喜和宽慰的是，几天前在林肯城我没有感觉到一丝遗憾，也没有感觉到哀伤和失落。我不想再回忆过去那一切，也不会去再次感受它，即使我能够那样做。重回过去的想法似乎有些幼稚；它虽然令人陶醉，让人愉悦，可能是美妙的景色或明媚的清晨，但也就是一次甜美的经历而已，如同夏日的一朵彩云洒下清凉的雨滴，然后飘然逝去。但它却是我生命中实实在在的部分，是我不可以失去的部分，是我一直应该真诚感激的部分。自此之后，人生再也不是无忧无虑的幸福光景；但在那天，当我沿着芬芳的花园小路漫步，我清楚地意识到，没有人会希望自己的生活毫无波澜。平静安逸、孩童般的快乐毕竟不是生活的全部——虽然很美好，但只是一种改变或者放松，抑或是更严峻人生来临前的序幕。当我还是个孩子时，恐惧人生，讨厌它的聒噪与气息，质疑过它的残忍与粗俗，想对它敬而远之。但现在我对人生的感觉完全不同；它让人忙碌，但却不会让人过度忙乱，只要你有一些勇气就可以应对人生。

确实，回首过去，一路上昏暗迷蒙；好像经历了许多绝境，遇到了许多死胡同，路上有许多无谓的迂回与曲折；但尽管如此，方向却足够清晰，不管怎样，我清楚了我及我所关心的事情是有意义的是善意的，同样也看清了其他人；让我知道了，人生道路上遇到的一些令人愉快的谜题，也许会笼罩着一丝阴暗和悲伤，但很快就会烟消云散；让我解开了自孩童以来就无从解开的秘密，之所以未能解开这个秘密正是源于对善意大笑的抵触，而这不过是对一个人没能猜中答案时露出憨态发出的笑，不过是对蕴含其中的乐趣发出的笑而已。

我认为，正是我们的急躁，也就是想要马上完全弄清楚一切疑问的诉求给我们带来了伤害，伤脑筋的是，想象并不能带来任何的宽慰抑或终止痛苦，却会使我们忽视人生的时光荏苒如白驹过隙。

所以，当我行走在以前的花园时，我很高兴，不可否认这个地方曾有一块属于我的天地。即使高塔自身带着他们悠扬的钟声碎成了灰尘，我仍保留着有关它的所有的亲切回忆：曾经的生活，曾经的欢声笑语，曾经的样貌，曾经的拥抱都在一瞬间涌现；但它已远去，已过去很久，而我也并不想重回这段经历；现在就像一个完美自然的续集，而过去的生活也只是某本美好书籍里的甜蜜一章，没有必要重写。

所以，我回顾过去带着喜悦和柔情——甚至一种怜悯；我看到一个小孩在花园的小道上闲逛，摇晃着罂粟花，捡拾掉落在果园草地上熟透的苹果，他不正是我吗！——毫无疑问；我察觉不到跟以前的我有什么不一样。但我有一些他没有的东西——眼界和心灵的开阔；他还未曾经历、体验、度过我曾经经历过的时光，那些时光尽管有很多甜蜜但作为治疗伤口的良药也很苦涩，我不想再体验以前的时光。不，我不想重复过去，只是希望能够阐释新事物和人们忽视且转瞬经过的事物，就像这个小男孩奔跑在果实累累的花园里。但人们想要的不是金黄芬芳的幸福外壳，而是深埋其中的种子——经历是甜蜜的，但人们很容易被过去的经历迷惑而就此活在过去！然而，这些经历的目的并非只是为了快乐、喜悦、兴奋甚至孩童般的天真，而是为了某种坚定强大的东西，这种东西也许一开始看不出来，但最终会得以显现，就像雕刻宝石需要拭去凹槽里闪亮的晶沙一样是一个缓慢的过程。

第十三章

信仰幽默

“心灵乐园”城堡中总是充满欢笑，我认为这笑声不是鲁莽之人的狂笑——就像箴言里作者所说的在锅下烧荆棘时发出的那种爆裂声；狂笑是一件令人厌烦甚至讨厌的事，因为笑声并不代表人们真的愉悦，而是他们脑海中想到一些卑鄙得令人兴奋的事。城堡里的欢笑必须是轻松而不是轻浮的。这笑声也不像是心地恶毒的人因刻薄的谣言而产生的阴郁窃笑——这是生活中另一种丑陋的声音。我认为城堡里的笑是开朗人的笑，很开心的笑，而且他们并没有意识到自己在笑；这是一个非常有益健康的行为。这笑声是男男女女的欢笑，而且他们都有自己忙碌的事业，但在闲暇时光却能发现生活中充满欢乐——快乐而健康的笑声。我也确信这不是道德高尚居高临下的人为了与周围人保持一致，在听祷告文时看到他们笑而恰当适时地随声附和的笑。

幽默是“心灵乐园”的一大特色，但却不是精心设计的幽默，而是一种来自善意且健康的幽默感；是一种轻松的标志而不是有意而为；是一种由于人生奇特、人性各异、思想言论交杂（比较让人着迷和愉悦）引起的自然而然流淌到轻松生活节奏里来的东西。

很不幸的是，有那么多的人认为内心容易震怒才是圣徒的表现，然而最伟大的圣人却全都是那些遇事不惊的人。他们也许痛苦，他们也许期盼转机；但是震怒往往只是一种无用的表现，只是一种自觉的欲望，让别人知道自己的道德水准有多高，自己的良知多么容易被触动。

我当然不是说，一个人听了一个无论多么粗俗的笑话一定要和别人一起大笑；而是在说具有最好教养和性情的人会很巧妙地应付这样的时刻；并设法让人知道这一点——与其说粗俗的玩笑让人反感和指责，倒不如说这表明了开玩笑的人在忽视周围人的权益和逾越文明礼貌的原则。

很难说幽默是什么，也许它是一个不值得定义的东西。当言论和行为与周围的环境不符合时就会产生。

我记得曾经看到两个流浪汉在路边争论，由于酒精的作用他们有些踉踉跄跄。我觉得人们不应该取笑醉酒的状态，毕竟没有人希望别人用喝醉来取乐。所说的两个流浪汉衣衫褴褛，声名狼藉。我经过的时候，其中一个衣服更为破旧的醉汉把他的帽子扔在地上，就像国王退位一样摆出一副高高在上的姿态说："我不想跟你一起走了。"另一个问："你为什么这么说？为什么不想跟我一起走？"那个人回答道："是的，我不想跟你一起走。"另一个说："我必须知道你为什么不想跟我一起走，你必须告诉我原因!"第一个人煞是严肃地回答道："好吧，我告诉你！让人看到我跟一个像你这样的人走在一起会降低我的自尊。"

我觉得这就是那种言行与环境不符合的情况。这个男人可悲的庄严正经使整个场景显得很怪诞，令人印象深刻，因为它显示了一个隐含的行为准则，即使是堕落可怜也抹不去的准则，这个男人与附近的稻草人换了衣服也看不出来有什么不一样，他的生活显然没有过多的自尊可言，只是为了摆脱跟他一样不体面的同伴，又重拾人的尊严而已。我认为这是一个很好的阐释我所说的幽默的例子，因为在这一场景中可能会产生三种完全不同的情感。人们内心也许会对陷入这种状况的人感到遗憾，同时觉得这是我们社会机制的一个耻辱。这两个悲哀的人是美好乡村的一个可悲的污点!然而在这种令人沮丧的境况下，人们也能看到建立理想的一丝丝希望，我坚信，这可怜的灵魂中萌发着一种想要进步的美好理想；因为我确实毫不怀疑这可悲的生物正在一条前进的道路上，即使他的生活中毫无前景可言，他所拥有的只是悲惨的疾病和困苦，但我并不认为这是他前进之路或朝圣之旅的结束；人们也许是真的被这种有失体面的场景与崇高的宣言之间的反差逗乐了，而不是邪恶地嘲笑。这三种情感根本不冲突。对此，悲观的道德主义者可能会说，这非常令人震惊；乐观的道德主义者可能会说这充满希望；而直率的幽默主义者可能只是被这荒诞行为逗乐；但，如果面对如此场景而没被逗笑，在我看来这个人既沉闷又古板。一个人也许会因为毒蛇和猛虎的存在而感到震惊，但在我看来对完美中的失误表示震惊，似乎只是一种虚伪的正经。人们必须“镇定地看待生活，看待生活的全部”，虽然我们希望自己能在困境中挣扎向上，但我们也许仍然会对我们曾经在泥潭中留下的悲惨身影感到好笑。

我曾与一个为人严肃、举止高雅、衣着考究的人结伴同行，并眼睁睁地看到他无助地从踏脚石上滑倒跌入河中，我可不想他掉到河里；对于他的窘境我也深表同情，但是我感觉当时的情景真是着实可乐，一想到他狼狈不堪的形象，像落汤鸡一样突然从河中露出头，我现在还忍俊不禁。但这并不是恶意的嘲笑。我当时真不愿意发生这样的灾难，如果我能阻止我会的；但是，尽管这么说，这个事情还是太滑稽了；如果类似的事情当时发生在我身上，有人见此情景感到好笑，我是不会介意的，只要他给予我帮助和同情，并在我面前适度地压制笑意。

我认为，故意设计这类状况的所谓恶作剧才是真正可憎的。但为了让自己一笑而委屈一个人是一回事，对火灾保险单上称为天灾之类的境况感到好笑又是另一回事。

而且我很确信一点，心智健全、身体健康又通情达理的人内心必定充满有益身心的幽默，而冷酷刻薄、品质低劣、残酷无情的人，为了克制自己的幽默感，心已容不下半分能让生活过得坦荡愉快的人性了。跟一个能够把笑话和回忆珍藏在心底的伙伴相处是最令人开心的事，因为他们肯定会回应并且很享受这些笑话和回忆；事实上我发现能够被愉悦也是一种能力，而且已经成为我在悲伤糟糕境地中的一种调味剂，没有比这更能缓解紧张气氛的了。

我并不是说应该无休止的沉浸或追逐幽默，但真诚地为幽默愉悦开怀是勇气和友善的标志，也是一个人不扭捏、不自恋的标志。幽默不应该是故意注重的东西。没有比习惯性开玩笑的人更令人讨厌的了，因为这说明此人并不注意或者在意别人的情绪。幽默应该是一种善意的、随性的、与生活相融合的东西。在任何境况中，一个人看到的面越多，他的内心就一定越丰富饱满。

毕竟，我们对生活报以轻松的态度能够说明我们对生活充满热情、信心和希望。当然，如果根据我们所经历的琐碎记忆而得出生活是艰难的结论，我们就可能会像古老诗人所描绘的夜莺那样——用胸膛刺向荆棘，这样我们也许会经历痛苦但却能发出清脆的歌声。但对我来说，这似乎是一种无病呻吟和一种人为的生活假象，最终会陷入其中不可自拔；虽然没有被悲伤压垮，但可以肯定地说，如果我们这样片面地看待生活，它会妨碍我们的进步。所有的经验告诉我们，我们不能片面；如果我们学会与那些哭泣的人 同哭泣，我们必须谨记我们也应该与欢笑的人一同欢笑。诚然，那些能够说服我们相信在悲伤、失败和割裂中有着某种美好的人（比如诗人），那些能够向我们展示勇气、耐心和坚忍无比的人，他们会给我们无穷的力量；但真正的信念是要相信人生的目的是快乐；因此，我们真应该好好感谢那些鼓励我们大笑或微笑的人以及鼓励我们为幽默所动的人。

因此，我们千万不要仅为了寂寞的梦幻、甜蜜的沉思、温柔的想象隐退在我们的城堡中；当然，城堡里有适合做这些事情的房间，有摆满书籍面对夕阳的小屋，有充满着轻快音乐的宽敞客厅，有用于祈祷的光线暗淡的教堂，还有称为“安宁居所”的卧室——朝圣者在此过夜，“醒来唱圣歌”；但是，城堡里也有灯火通明的大厅，欢乐熙攘的人群，在这里我们把隐秘的、惆怅的、悲伤的想法抛到一边，轻快地融入愉悦的人群中，当然并不是刻意地逼迫自己欢乐的动起来，而是发自内心的快乐，在这里令人愉悦。

就在我写这些文字的当口，一个朋友告诉我说，他最近遇见一个人，可能是一位商人，那位商人在一次聚会上谈到了我写的东西，还就此发表了一些看法。他说我写了很多我自己都不相信的事，然后站在一旁，以一种愉悦的心情旁观别人去相信这些东西。对于这样曲解我的目的而气愤或者感到气愤是可笑的。实际上我认为人们绝不会因为他人的误解而气愤，只会因为自己的认识有偏差而对自己不满。

确实，我曾经说过一些观点，但后来却又改变了想法。事实上，如果发现以前的观点是不合理的，我希望能不断地改变，并且尽快地改变。我认为，没有尽量一本正地表达严肃的观点，受到这样的批评是很自然的；有许多人，像我们的朋友——那位商人一样可敬的人，他们相信，如果一个人表现得轻松，那么他必定也不认真。在他们观念中真诚与悲痛艰辛是孪生兄弟；确实，大部分愿意在公众面前表现出悲痛艰辛的人，他们所说的话给听众的感觉更真诚。但我并不认为认真与轻松甚至幽默是水火不容的，虽然有时候我也被指责没有两者兼顾。苏格拉底对自己的观点是非常认真的，但他的这些观点表现的却非常轻松，结果他受到怀疑并被判处死刑。我可不想因为我的观点而被判死刑；对于我的观点我是完全认真的，而且也从未有意说一些我不相信的事。

这里，我还想进一步表明我的看法，我认为许多认真的人其实对他们所倡导的事业造成了很大伤害，因为他们太过看重他们的理念，以至于剥夺了这些理念的自身魅力。美德和善良显得不是那么具有吸引力，其中一个很重要的原因是，这些人手持着宣扬美德和善良的大旗，但他们缺乏轻松幽默的态度，甚至缺乏礼貌。因此，追求美德对年轻人甚至对老人来说似乎是一种非常枯燥的行为，是一种让新教徒抵触、无聊、萎靡、厌倦的行为，那种氛围沉重的如同被巴珊大力的公牛[①]困住。正是因为我想从这些不断恶化的影响中拯救美德——这个世界上与爱并肩的最美好事物，我才把我所做的写了出来；但我书中没有暗含任何愤世嫉俗的思想，我能挑出的最糟糕之处是幽默感，或许对一些人来说有些古怪和幼稚，但于我来说就像朝圣路上令人愉快而振奋的伙伴，伴我去寻找我所信仰的非常高尚神圣的东西。

① “巴珊大力的公牛”，此语出自《圣经》，表示陷入困境。——译者注

第十四章
阐释遐想

当我还是个孩子的时候，就曾翻阅过《启示录》，而且到目前为止我一直认为它是《圣经》系列丛书中最好看、最吸引人的一卷书；书中似乎全是丰富而暗淡的图画、我无法解释也不想解释的故事、闪闪发光的如宝石一样的墙壁、孤独的骑士、惊人的怪物、未解之谜，一切的一切都在孩子的想象中生根发芽。现在可以说，就像不能指责小时候熟悉的旧挂毯或图画一样，我接受不了对这本书的任何非难。它们就是那样的存在，任何改变都是不可思议的。

然而，从某种程度上来说，这些奇异的想象对我来说逐渐变得越来越高大；我曾以为书中的大部分内容是一种戏剧性的表演，是一种有意识地取悦观众的表演而已；但现在我认为它是精神生活得以维持的一种巨大的自发的力量，是先知很容易就能看到的力量。那些“日夜呼喊的声音”“王座前吟唱的新歌”“自己去看”的呼喊声——这些只不过是大量紧要事情中的一部分，让先知听到的一部分。那高高在上的天堂不再是宁静和平的寂静之地，而是充满激烈活动和喧嚣吵闹的场景。

对“基督显圣”的想象也越来越高大，那是一幅奇异的景象，并不是为门徒安排的感人景象，而是对人生背后令人敬畏景致的窥视。让我用一个简单的比喻来阐释：想象一个人有一位他非常钦佩爱戴的朋友，并假设当他正在跟朋友聊天时，他的朋友突然说临时有约要出去一下；出于好奇他跟了出去，然后看到他的朋友约见了一位男士，并且与这位男士相谈甚欢，他既不卑躬屈膝也没表现出卑微低下，而是以平等的身份与那位男士交谈。当走近时他突然发现他的朋友约见的这位男士，与之交谈甚欢的男士竟然是某位国务大臣，甚至是国王本人！

这只是一个简单的比喻，用来阐释当时这些门徒们的感受。他们来到山上，期待着他们的主与他们悄悄低语，抑或主自己默默地进行祷告；然而他们却发现他们的主身披圣光，与空中的神灵也可以说是古代世界的两个伟大先知进行对话，讲述他的计划。

如果这只是为了迷惑门徒们而演绎的一场盛会，那它本是一件可悲而做作的事；但如果把这场景看成是门徒允许窥见按照救世主看不见的旨意而一直在进行着的神圣、紧迫并可怕的事情，那么它又成了一个神秘预兆的场景。这一场景伟大的本质在于“被听到”。惊奇和美是两种强大的力量，它们对于我们意义非凡，当我们能够意识到在洋洋人生大海的急促洪流中，这两种东西在每时每刻昭示我们人生神奇之处时，我们应该认识到，生活不仅仅是我们所看到的忙碌、劳顿、艰辛，充满喧嚣和不断发展的世界，也不是黑暗和寂静中燃烧的亮点；相反，我们应该认识到，生活不过是带着无限的勇气和力量、迎着滚滚惊雷不断向前的一桩小事，世界背后蕴藏的巨大力量、法则、活动，不再是我们原来认识的风过水面波纹起、风吹林地树头低那么简单。

我们很容易被一些人生表面波动起伏的那类琐事所吸引，以至于忘却了引起它们的重大且隐秘的影响因素；我们一定不要忘了，我们就像是在一座宫殿的幼儿室里玩耍的孩童，而就在我们下面的议会房间里正在进行一场关系着成千上万家庭生活和幸福的辩论。

因此，就像一个人包好一小包旅途上要吃的食物一样，我们越是固化一些无关紧要的信念和观点，并认为这样做能很好地说明我们所有的目标和问题，我们越是迷茫事情发生的真正要义。我们绝不能允许自己固化思想，满足现成的理论认识，因为那样的话，我们的阅历就不会增长，我们所见识的也一定不会超越我们所期望的。每天，我们都应该为我们所遇到的所有奇妙而美好的事情感到惊喜，我们在他人脸庞上、在树林里、在山中、在花园里看到的所有美好的奇妙迹象都显示出某种巨大的力量，尽管它们经常会受挫，经常会被损坏，但依然用其无限的温柔与耐心使世界变得精致而美好。当然生活中也有丑陋的、粗俗的、令人厌恶的东西在发挥作用，我们不得不面对；然而，其中大部分似乎带着堕落腐败气息在与那些不该存在的东西搏斗，以求恢复干净和纯洁。

我常常在想是谁构想出了《启示录》里的景象；如果传说可信，那是一个被流放并囚禁在一座孤岛上的基督徒，他的灵魂超越了囚禁他的悬崖峭壁和波涛汹涌的大海，在表面平静的天堂，他的灵魂发现了聚集的魔鬼和残酷的战争以及超越天堂之外的圣徒们的万丈光芒，他们兴高采烈地聚集在一个到处充满光明的美好地方。

我知道，没有文学作品会对这些激情壮丽的景象细分整理，把它们同这样和那样微不足道的人类成就联系起来，那样做简直是无聊至极。那不是《启示录》要讲的奥秘！那种情况很像一位画家给傍晚时分一起坐在带有隔栅的房间里的两位恋人画像，他们握着对方的手，凝视着对方的双眸，画家并不琢磨现实房间里的具体人物，而是示意爱的自我流露，示意爱得到了热烈的回应。我认为先知的意思就是想说明，我们一定不要被忧虑焦躁的事情和日常琐事所蒙蔽；在这不起眼的尘世压抑状态的背后是暗流涌动的各种巨大力量，欢呼声与回应声、滚滚雷鸣、熊熊烈火、无穷乐音。这完全是在启示我们要认识到那看不见的非凡事物，去尽可能地体会每一次细微的经历，并细细咀嚼品味其中的滋味；不要恐惧世上最惊心动魄的情感，如爱情、悲伤、失败；但一定要对猥琐、卑鄙、邪恶报以忧烦之心。

或许就像《启示录》中的另一个景象那样，我们登上一座山，又困又累，因黑夜和寒冷而不知所措，因空气稀薄而感到不适，然而，生命在一瞬间变得光芒四射，虽然荣耀万丈但仍然是熟悉的人；我们可能一度把这看作是与年长而睿智的神灵促膝交谈；这一切不仅使我们激动慌乱，而且也因此揭开了那片面纱，霎时间我们可能看到某种崇高伟大的奥秘，某种以庄重耐心和奇异宏大的方式进行的神圣过程，某种即使我们不能分享但至少知道其存在并正在等着我们的仪式，此刻，我们就会变得足够坚强，继续我们的道路！

第十五章
思想活力

我的一个朋友曾经做过一个奇怪的梦；似乎是在盛夏里的一天，他走在荒野中，满是野草，这片荒野会通向某个由花岗岩堆砌而成的悬崖峭壁。他慢慢地向那里走去；天气很炎热，在一堆被太阳晒烤的岩石中，他发现了一个小小的天然形成的洞穴，洞口周围长着羊齿蕨。太阳落山，微风拂过沼泽，他还久久地坐在那里。就在他凝视对面一大堆石头时，忽然发现这堆石头开始一眨一眨闪闪发光，光点非常之小，以至于他几乎区分不清。突然，就像是一声令下，这些小光点从石头上落下形成一个光面，整个光面似乎鲜活起来，布满了条条游丝，仿佛是一张柔软的银色窗帘放下；瞬间，这些小光点落在草上，开始爬了起来；接着，他看到每一个小光点都牵带着一条精美的游丝；他觉得这是很大一群小蜘蛛，它们就生活在石头表面。他走上前去查看眼前的奇景，但是，就在他起身之时，整张窗帘转瞬间突然被拉起，似乎这些蜘蛛丝有很大的弹性；他走到石头跟前，发现它和以前一样坚硬无比，根本没有任何小生物存在的迹象。“哦，”他在梦中自言自语，“这就是化石的含义吧！”他想他意识到了，地球表面所有的岩石都这样被赋予了生命，可以这么说，岩石只不过是个躯壳，装载着这无数活生生的小生物，小的令人难以置信，丝线从小小的头部吐出来，就像令人厌烦的蠕虫一样，栖息在通向花岗岩深处的地穴之中，每只都伸缩自如。

前几天，我把这个梦讲给一位地理学家听，他听后大笑，说道：“真是异想天开啊，也许里面真的有！不管怎样，不能肯定石头本身没有隐藏其中的生命；有时我常想它们巨大的凝聚力可能就是一种生命的迹象，如果生命不复存在的话，山脉可能转瞬间成为一堆流沙。”

我的朋友说，这个梦境在他心里留下了深刻的印象，以至于一段时间里，他很难相信岩石深处并不隐藏着陌生的神秘的生命；事实上，自那以后，我一直认为，生命的迹象存在于所有的最为坚固、最为干枯之物中。在我来看，正如色彩比眼睛能够看到的更为丰富，声音比耳朵能够听到的更为尖锐或更为细腻，那么，与我们可触知到的相比，生命的领域在地面上、在空中、在水域里会更为广泛。

这似乎也让我明白，我们应该不断努力去揭开世上思想活力的奥秘；如果我们不能即刻理解某一思想，也不要妄加断言，说它没有生命力。对于书籍来说情况尤其如此。有时候，在我们大学的图书馆，我从书架上取下一本旧书，当我翻看那些布满裂纹、泛黄褪色、参差不齐的书页时，会发现它也许是一卷有争议的神学书籍或陈腐的哲学书籍，而且很难想象这本书会出自于有着思想活力的人之手，或者说很难想象曾经有人会遵从那些陈腐、极端、不可靠的观点，因为它们来源无据，会导致错误和臆想的论断。

书中的整个思想看起来太陈腐、太枯燥、太脱离现实，甚至让人无法想象出思想起源的心境，更不用说想象出靠这类思想滋养的心情了。

然而，我非常怀疑，人类的目的、想法和愿望自从最早有史料记载以来是否有了很大的改变。当人们逐渐理解了地质学家估算构成有生命迹象的最下层——三叠纪①岩石层距今至少有三千万年的时间时，当人们逐渐理解了所有文字记载的历史只不过是未付诸文字的人类洪荒时代史中的沧海一粟时，人们至少明白了隐藏于万物之后的力量，无论被称为什么，都绝不会匆匆一过，而只会不慌不忙地运行，这也是我们在短暂而匆忙的一生中终究不可能真正理解的东西。尽管如此，这种力量似乎仍有一个规律! 那些史前岩石中的长角的、有肉瘤的、坚皮利甲的奇怪野兽身体结构不可思议地和我们人类一样；他们拥有心脏、大脑、眼睛、肺、腿，而且还有和我们相似的骨

① 三叠纪，是2.5亿至2亿年前的一个地质时代，它位于二叠纪和侏罗纪之间，是中生代的第一个纪。——译者注

骼；好像是，这种创造性的神秘力量在以一种周密严谨的形式运行，在试图创造出一种非常明确的生物；当人们想到生物的种类甚至任由一个人设计想象生物种类时，其实生物种类也绝对不会很多。

人的思想也有同样的延续性和统一性。从古至今，人类所关注的事物都是一样的——满足物质需要，思考事故、疾病、衰老使肉体失去功能而无法承载灵魂时，人的灵魂又会如何。人类最美好的想法总是集中在对未来的某种期望上，以此鼓励自己积极生活、持久隐忍、正义行事。当科学的大幕在我们面前展开，为了清楚了解我们尚未知晓的事物，我们很自然对于宗教和哲学上有关人的阐释变得越来越没有耐心；但是我们应该宽容对待那些古老深沉的信仰，也就是对释迦牟尼和穆罕默德般精神崇高的人拥有来自神的智慧的强烈信仰。当然，在我们发现这些过去很明确的阐释现在却混沌不清时，我们会悲伤，这是不可避免的；如果我们无法理解它们，那么在我们取而代之以某种赋予我们活力和勇气的原则的时候，我们必须十分谨慎。我承认，对于我来说，科学上微小的确定性也比那些想象力丰富之人的最为狂热的梦想更令人鼓舞。在这个世界，知识不容改变，它会让我们明白我们应该明白的事物，而不是明白我们想要相信的事物，它不断地令人耳目一新，不断地发展进步。我感觉，我正走向我的未知，但是这些事物已然存在，不会因为我个人的愿望和想象而改变。这就像一段旅程，其快乐在于将要看到的景色是意料之外的，是新奇的；如果我们完全知道我们会看到什么的话，那么这就是一段糟糕的旅程，如果我们可以事先确定我们想要看的景色而且最终只注视到我们想象中的画面的话，那么这段旅程就更糟糕。那就是经历的魅力和妙处，根本就不是我们所能预料和期望的。从某种程度上说，这段旅程因前途未知而有些令人生畏；但从许多方面来讲，这段旅程要比我们所想的更加丰富多彩，更为妙不可言，更加灿烂夺目。

我对那些来自于顽固不化之人的责难越来越没有耐心，他们希望用那些为他们自己而定的微不足道的规矩来限制他人的愿望和发展。那么做非常的卑鄙，甚至可以说非常恶毒，那是由来已久的迫害他人的一种本能——“在任何情况下你都要假装相信我所认为的正确思想，如若不然，我会让你很难过。”相信科学的人是不会想着迫害一个坚持不相信万有引力的孩子的。他只会一笑而过，若无其事。万有引力定律足以自我证明!责难常常是不想证明自己观点的表现，并非是毋庸置疑信仰的标志。

在有人试图强行规定我们应该相信何事时，我们决不允许自己动摇。我们并不需要总是对此提出抗议，除非我们觉得有责任如此；我们只是把他人所认为的确定无误的东西看成是没有证明和无法证明的东西而已。对此问题争论只是浪费时间；但与此同时，我们应该意识到这种顽固信仰背后所蕴含的生命力，并应该高兴，即使我们认为这一生命力会误入歧途，但它还存在。这就回到了我先前提出的观点，那就是努力去了解尘世背后的人生对我们来说是有益的，我们要愉悦地参与其中，即使对我们来说不太真实。我们万万不能怀疑人生，即使患病、悲伤、老去，甚或人生离我们渐行渐远；我们必须不惜任何代价努力认识它，充满热情地亲近它，即使它有时令我们难以理解，甚或令我们厌恶至极。

让我试着用现实的问题加以阐释。我们许多人发现自己和某一个圈子的人有着固定的关系。我们无法与之分离或者背弃他们。也许我们的生计要依赖他们，或者他们的生计要依赖我们。然而，我们可能会觉得他们粗鄙不堪，毫无同情心，虚假刻薄，令人讨厌。我们会如何为之？许多人会对这一团糟听之任之，只是勉强为之，虽然感觉不被人赏识或被人误解，但他们还是坚持做他们不喜欢的事情，只是希望能避免意见上的直接冲突，避免造成不愉快的场面。那种局面毫无生气可言！我们应该做的是找到沟通点，即使不能充分表达我们自己的观点和目的。我们也应该滋养自己的美好人生，观察其他人的生活，也许我们可以阅读大量的书籍、杰出人物的传记以及富于想象力的伟大作品和小说。我们绝不能浑浑噩噩，在自己阴暗的角落里自怨自艾，因为生命如同奔流的江河转眼即逝。然而，似乎人生中事必躬亲的机会有限，但至少我们能决定自己要怎样的人生；不要让我们的人生像废弃的船只一样，塞满他人的精神垃圾和残渣，而是要记得，生命之水能够撑起所有的人生之舟。如若那样，我们就没有明白伟大的基督福音，这是很糟糕的。我们认为——我这么说是严肃的，并无意冒犯神灵——生命之水就像亚大纳西信经[1]一样，是一系列命题定理。

基督赋予了生命之水非常不一样的意义。他认为渴望之灵魂会用清凉的泉水来浇灌，使其精力恢复，生活愉快。他并不认为其是一套教义；教义之于生活，就如同羊皮纸和地契之于庄园，这些庄园拥有森林和水域，田地和花园，房屋和村舍，活生生的人在其中来来去去，往来穿梭。如果人不去那个庄园的话，那么拥有地契就没有用。教义是试图以坦率精确的语言来阐述意见和想法，温暖和启发人心，它居于我们人生的品质、希望和情感之中；如果我们张开双眼，就像我的那位朋友梦中所见的，在夕阳西下，凉风拂过沼泽，夜幕降临之时，我们能看到坚硬岩石的表面满是移动的小点儿，那迅速游动的生命又会连成一道道光线，在黑夜中闪耀。

①亚大纳西信经，是基督教三大信经之一。——译者注

第十六章

宽厚待人

前几天，我看到一张亨利·菲尔波茨——可敬的埃克塞特主教——垂暮之年的画相，非常感兴趣。在与牧师的诉讼案中，他损失的金钱——我觉得——要比史上任何一位主教都要多。这位老者坐在一把扶手椅中，穿着笨重的高筒靴，弯着腰或者说低着头，正在读一封信。他的脸朝向旁观者；头发笔直僵硬，嘴唇突出，眉毛皱起，眼袋浓重，让他看起来就像一头可怕的老狮子，虽然不能再跃起，但不会忘记如何咆哮。他的脸满是悲伤愤怒。我记得一位牧师曾给我讲过一件事，在一次神职人员的宴会中，他曾坐在这位主教旁边，一位年轻的助理牧师坐在主教的另一边，这位年轻人以为主教耳聋，因此非常大声地对他讲话，让他感觉受到了冒犯。最后，主教满脸愤怒地看着他，说道："我希望你明白，先生，我不聋！"吓得这位年轻人惶恐不安，说不出话，也吃不下饭。这位上了年纪的主教看向我的朋友，语气严肃，说道："我不适合社交！"如果这样微不足道的冒犯都会令他暴跳如雷的话，他的确不适合。

这位主教还讲了许多其他的痛苦经历，许多次因为他的不快让所有人心情不爽。他是一位英勇无畏的老人，这是事实，他精力充沛，才华出众，对他认为正确之事全力以赴，勇气非凡。我觉得这幅画相是如此的栩栩如生，惟妙惟肖，完全不像一位年迈的基督徒或者牧长。他有一座美丽的海边别墅，森林和花园环绕四周，他的辛勤努力让这里的一切井井有条，对我来说他更像是一位恬淡寡欲的罗马皇帝，或者是一位性情不太温和的撒都该人。人们好奇，究竟是什么让他从事基督教，如果把他送上犹太最高法院审判台，他会是什么样的立场!

在我看来，人的一生中首先应尽量克服的性格之一是那种让人敬畏的性格。但是，告诉一个人说他让人敬畏，这并非是常被厌恶的那类指责。他也许宽容地表示反对，但是，对于大多数人来说，那似乎是一种力量、权位和影响的证明，是他们为自己作用重要而必须承担的代价，是一种威望和荣誉。

当然，一位在人生舞台上扮演过重要角色的资深、著名、威严的人，年轻人应该带着某种敬畏之心去对待。但是，世界上没有什么魅力可与那种能够散发高贵气息、予人信心、唤醒情感、消除恐惧的魅力相媲美。但是，如果一个那样的人物随心所欲，直率尖刻地表达想法，对弱小或无知毫无垂怜之心，那么他实际上可能真是一个非常可怕的大人物了。

亲近是基督教徒首要的美德之一，但要做到这一点并不总是很容易，因为一个有影响力和能力的人，如果谦逊腼腆，随着年岁的增长，他会忘记他给人带来的影响。当他与人辩论被指责、被驳斥得哑口无言时，他也根本不会觉得自己与年轻时有何不同。随着他变得越来越温顺，自尊心越来越强，他会觉得世界更加友善，生活更加轻松，当然，如果他变得更伟大、更淳朴、更亲切的话，无疑标志着他拥有高贵美好的品格。

前几天，在我出席的一次会议上，除了其他的发言者，有两位著名人士的发言，让我很感兴趣。第一个是一位很有名望和声誉的人，他的演讲文辞优美，内容深奥而且言语温和；但是，或者出于其天性腼腆，或者出于其天性严肃，他从未微笑也从不看听众；因此，尽管他的演讲精彩绝伦，可是他却根本没有打动我们。第二个人的演讲明显要平淡无奇得多，但是演讲者，从最开始就友好地环顾周围，对着听众面带微笑；他演讲时始终如此，因此人们立刻就觉得和蔼可亲，交流融洽，我觉得他讲的每一句话都是对我说的。这就是前面所说的亲近感！

我们保持诗歌精神的最好方式——我说的诗歌精神指更为崇高、更为甜美、更为纯粹的思想影响力，它居于人的内心——就是亲近，就是坦诚地说出你崇拜什么，你喜爱什么，是什么令你感动，是什么令你专注于内心的美好生活。对于年轻人来说，并非总是可以这样去做，这样做也并非总是恰当的，其理由也并非都是不好的。年轻人不应该操之过急，想要在谈话中占据上风，也不应该过于公然对他们长者比较严肃乏味的话语表示出不耐烦；过后，所有的一切也都会自然明之以理的；人不能总让自己精神紧张；最好的、最恰当的往往是点到为止和含蓄暗示，并不一定要大动干戈地争辩。

有一个故事，是关于一位伟大的艺术家的，这位艺术家富有同情心，友善可亲。一天之间，来了三拨人向他倾诉烦恼苦楚。晚上，艺术家把这件事告诉了他的妻子。他说他担心第三波来访者会认为他陌生冷淡，甚至会觉得他刻薄无情。“事实是，”他说，“我的同情心真的用光了。前两拨人所说之事让我备受煎熬，我已经无法再表达我的难过之情了。我说我非常难过，我内心深处对此感到非常难过，但是我无法再感受难过的心情了。我已经付出了我所有的同情之心了，当井已经没有水了，再来这儿，就没有用了。”这个故事表明，人是无法控制情感的，人不可以把思想，甚至是美的思想强加于人。我们必须等待时机，我们必须使自己适应，我们不可以时而应时，时而不合时宜。我们也不能完全任情绪摆布。在宗教上，礼拜的原则就是要让我们知道我们应该整齐有规矩地来表达宗教情感。当我们嘴上说我们是可耻的罪人时，我们心里却并非总是这样想；然而，有时我们嘴上不说自己是可耻的罪人，但心里却觉得自己就是罪人。最好的方式是坦白说出我们所知道的，即使此刻，我们并不觉得那是事实。

那么，我们就不应该总是出于谦卑而自我克制，回避我们在乎的事情。有时候，愚蠢的腼腆会使得两个富有同情心的人不能畅所欲言他们的真实愿望和兴趣。在英格兰，我们尤其害怕那种我们所谓的自负。总体来说，那倒是一个好趋势，但是往往会造成我们缺乏思维灵活性。我们应该担心的不是认真和真诚，而是一本正经、妄自尊大。我们应该乐于接受情绪的短瞬变化，甚至要乐于看到神圣美好事物诙谐的一面。有些人认为对神圣的东西发笑是不能容忍的，由此带来的压抑也是巨大的。有些人习惯于说“我对此深有感触”而打断某一话题的继续，实际上这是谈话中最让人感觉不自然的做法。那是真正的自负，认为我们的理由比起他人的理由更充分，我们的目的比起他人的目的更纯粹，我们才有权来确定标准。故作优越是自负之人的标签；我们应该对此保持警醒。

《福音书》倡导人坦率真诚、直言不讳、开诚布公，让光明照耀大地；不可以彼此挑衅，不可以居高临下，不可以一本正经。对于每个人来说，拥有一个或者几个朋友并能与之真诚地交流其关心和重视的事情，是一件乐事；他也可以和朋友这样说："我现在不能聊这些事；我现在没有心情"；这么说很正常，而且符合人性，不会迫使人性扭曲，而且也不会使人显得鲁莽无礼、粗心冷漠和俗不可耐。如果一个人觉得与朋友关系密切就可以粗鲁无礼、庸俗无聊、大吵大闹、吹毛求疵，那他可能犯了大忌。有时候他也许觉得做这些也没怎么样，而且也很高兴有这么一个可以发脾气的对象，他认为他永远不会被一个惺惺相惜的好朋友误解的。但是这么做时一定要有度，一定不要任着性子来；坦率真诚不可以堕落成粗野无礼，随性不能成为干涉朋友自由的借口。当感到那样做适得其反时，就应该让自己谦恭礼貌、兴趣盎然、性情温和起来，一个人应该铭记这一行为准则，而且，如果必须那样做的话，也一定不要针对人性善良的一面。人最不能做的就是有意地利用影响力。对于许多本性善良的人来说，那就是一个令人悲哀的诱惑。当一个人看到性格脆弱但有魅力的人时，似乎就产生一种好为人师的心理，希望对他教育、塑造而使之坚强。如果是一位专业教师的话，他有时不得不这样做；但是即使那样，强迫而不是引导也一定会遭到极大的抗拒。

对于那些喜欢谈论势力范围并以有意影响他人生活为乐的人，我总是持极大的怀疑态度。如果为了开心而经常性地这样做，那真是糟糕透顶了。对此唯一可以原谅的理由是，一个人真的关心他人并希望帮助他们；一个人不能把自己的喜好和个性强加于人，唯一的希望是让这些人培养自己的个性。其他人不应该成为我们的“难题”，他们也许令人难解，但那完全是另一回事。如果可以的话，唯一的方式就是去爱人。秘诀就是，找到他们身上的可爱之处，而不是试图发现他们身上的可塑之处。有一位聪明睿智的女士，她知道自己喜欢教导他人，曾经对我说，她的一位朋友奉劝她应该把一些事情交给上帝去做！

我认识一位很让人心烦的好心人，曾因我做事不认真，严肃地训诫过我。我当时没有控制住情绪，说：“你让我感到很难堪，你不应该武断地认为我必须认真对待我觉得非常不靠谱的事。”他回应道：“你没有细想这里可能涉及的问题的严重性。”我回敬说，总是严肃地对待一切似乎会让生活沉闷无趣，也不健康。我这位吹毛求疵的朋友叹了口气，摇了摇头。

我们不能强迫任何人去做好事。我们做好事也许是出于良心安慰，也许就是为了解决眼前问题；但做好事的愿望须是自由和宽厚的，这才是人性根本改变的唯一希望。存在于我们许多人身上的可憎的清教徒品质——我所了解的最不符合基督教义的东西——让我们错误地认为惩戒必须是阴郁的才会起作用；但那是法庭和监狱的惩戒之策，自从创世纪以来从未有过任何纠正。邪恶几乎总是，也许总是一个道德顽疾，总有一天我们会明白，用残酷的方式惩罚犯罪的人，就如同因患伤寒而让一个人踏上跑步机一样。我只能说，随着我对人们了解得越多，年纪越大，我发觉他们越发可亲、温良、和蔼。

卡莱尔的人生经历对我来说似乎是当前最有说服力的例子之一，能够证明我一直以来所倡导的观点。这位老人如此醉心于强迫人们伸张正义，如此热衷于四处激愤劝骂，以至于他失去了最真诚美好的爱的表达方式。他伤透了妻子的心，事实也确实如此。卡莱尔夫人也是一位棱角鲜明的女士，她的锐利也伤害了她自己，令她痛苦。但是这对夫妻间的真爱、忠诚以及侠义情怀就是一百对夫妻放一起也无法比拟。然而，世人看到卡莱尔一生都在跺脚责骂，从没有看到什么东西会接近他。他的人生不是胜利而是巨大的失败，但他的失败让人最终明白，一个人首先得自己有一些信仰才有可能让他人跟随自己的脚步，那么这个人才会有崇高和伟大的表现。从这一点来说，我敬佩他的一生。

第十七章
学会包容

但是有一句话我们必须始终牢记在心，热心肠的人尤其必须记住，那就是，我们生活中的快乐和兴趣一定是广泛的、宽容的、富有同情心的，我们不仅要接受而且要欢迎各种各样的兴趣爱好。最重要的是，我们必须准备好既要对我们不喜欢之人感兴趣，又要从他们那找到乐趣。关键是头脑必须清醒，思路必须清晰，而不是迟钝，毫无光彩。热情之人往往能够强烈而热切地感受到某种甜美的快乐，但令人遗憾的是，他们倾向于把自己的偏好强加于他人身上，不相信他人所爱之物的价值。因此，热切感受到希腊经典著作之美的人可能会坚持认为男孩成长过程中应该阅读这些书籍；同样的事情在其他方面也会发生。我们不可以用我们自己的审美和偏好来制定道德法则，我们不应该反对他人感受到的别样美好。那是犯下了和拉斯金一样的错误，拉斯金无法容忍其他人有自己的喜好，认为背离他的标准就是罪，这是不对的。如果我们坚持一切合乎自己要求的话，就会了无生趣；但是，如果因为他们的观点与我们的不同，而恶言相向或者谩骂质疑他们的目的，那么我们就违背了“爱与光明”的人生准则。正是那种狭隘意识引起了耶稣的指责，这是他曾说出的最为严厉的指责。法利赛人[1]试图质疑基督教义，在他们的描述下，耶稣是罪恶的化身；因为自己的信仰太过狭隘而无法包容其他，就视那些美好的行为和信仰为罪恶的这种罪，就是耶稣所说的不可宽恕的罪。

前几天，我亲身经历了这种情况，可以很清楚地说明我复述这件事情的意义所在。我曾写过一本书，名字为《曙光中的

①法利赛人，是古代犹太教的一个派别。——译者注

少年》，这本书的重点是要用一则寓言故事，来说明我的真挚信念，我由衷地认为人有来生，而且还会有生命、经历和成长。一位女士给我写了一封信，言辞有失礼貌，在信中她说她认为人死后就是安息，她坚信我的观点是不符合基督教义的，是完全错误的。有人认为，虔诚、仁爱、热切的灵魂只有在某种懒惰的满足中才会有永生，而对爱、真理和正义之事只能袖手旁观，这种见解无疑毫无根据，也站不住脚！要注定如此这般的冷漠无情，要浑浑噩噩地度过漫长岁月，耽于享乐，这样的天堂福乐对于充满活力和爱的灵魂还有什么乐趣可言？如果天堂还有任何意义的话，就一定能实现我们最大的、最积极的抱负；彻头彻尾懒惰成性的天堂对于所有高贵的天性来说就是炼狱或者地狱。但是，这个可怜的人，无疑是厌倦了生活和生活所带来的焦虑，受不了生活中的痛苦悲伤，她不仅仅渴望独自一人的彻底的安静休息，而且也一定要把她的观点强加给全世界。我不会因为他人渴望安宁休息而加以责备；但是想要驳斥击垮和自己有不同想法和希望的人的观点——因为她毫不掩饰她的观点——对我来说却是非常的卑鄙无耻。唉!那就是许多人在说他们相信某件事情时所要表达的意思，也就是说，要是和他们的希望相悖的话，他们就会恼火。

我确信，我们应该竭尽全力对任何勇气、活力和快乐报以欢迎姿态，即使这些似乎源于与我们自己原则完全相悖的原则。我们对人了解得越多，就越应该明白，世间一半的麻烦来自于我们把同样的原则赋予了不同的名字。我们不是要放弃我们自己的原则，而是我们一定要谨防不去干涉他人的原则。

因此，只要他们不是想要把他们的信仰强加给我们，即使他们对我们的喜好和原则挑剔，认为我们的那些喜好和原则异想天开、感情用事、缺乏说服力、易受外界影响，我们也绝不可因此而心烦意乱，更不能恼羞成怒。他们这样做当然是不对的，但是我们必须认识到这或是因为愚蠢，或是因为缺少同情心，抑或是因为太过强烈真诚地认同了某个错误观点。我们绝不能犯同样的错误；我们可以尽力说服他人，最好使用例子来劝说，而不是争论来说服别人，但是我们绝不可以允许自己嘲弄讥笑他人，更不能允许自己辱骂诽谤他人。我们更要尽力去理解另一种观点，即使我们无法理解，也要默认此观点可能是成立的。我们一定要相信，如果一个人的生活充满活力、无私、快乐、热忱、平和，那么这个人必定是受到了美好精神的鼓舞。我们必须相信，他们看到了源于这种精神的美好和快乐。但凡他们让人明白他们对生活的诠释、丰富的动机、对粗俗低下卑鄙的抵制，我们就应该感到开心。我们真心希望——我们也可以尽力说服——他们的愿望和目的更加广泛、更加丰富、更加包容，但是，如果我们因为其与我们自己的愿望和目的不一致而拒绝接纳，那么我们自己的愿望就会笼罩上阴影，因为不管怎样，我们一定是希望这个世界可以更加幸福、更加丰富、更加快乐，即使我们本人对其发展路线并不赞成。

我认识许多善良的人，他们都渴望提高自己的幸福指数，但考虑的只是自己的幸福；他们觉得他们准确估算了快乐该有的数量和质量，他们把他们自己感受不到的快乐都视为一种罪恶，认为其违背了真理。我经常思考，正是因为这些想法，家庭中的许多不幸福才会出现，上了年岁的人意识不到世界的进步，也意识不到新观念已经成为前沿，陈旧的观念正在逐渐消亡、变质。他们看到他们的孩子喜欢各种观念、各种职业，阅读新书籍，享受新快乐；他们尽力去压制和反对这些事物，而不是尽力去参与，也不相信他们的单纯和天性，结果孩子们只能隐藏起他们的感情和愿望，如果他们不是对这些事物感到羞耻的话，有时候就会偷偷地有些郁闷地坚持自我，并计划着如何尽早逃离这温和又令人焦虑的约束，走进他们自己的真实世界。最令人悲哀的是，年青一代没能因此吸取经验教训；当他们有了自己的家庭和孩子之后，同样的悲剧再次重演，他们的做法就像他们父母的做法一样，他们自我安慰道："我父母当年看重的那些真的不重要，让我失去了信心；但我现在对一些做法所持的反对意见，是非常有道理的，是无可非议的，我的孩子必须相信我，我知道什么是对的。"

我们必须清楚，豁达和同情是处理事物时最重要的，也要明白，如果我们踏上寻求快乐的征程，我们就应该期望发现世界上更多的快乐，即使有些我们无法理解。当然，我们可能会怀疑那些有害的快乐，那些源于自我享受、粗野好斗、无知挥霍、丑陋放荡的快乐——所有这些快乐无疑伴随着悲伤和痛苦；但是，如果我们看到的是可以带来自我约束、活力四射、益处无穷和积极向上的快乐，我们就应该承认其神圣不可侵犯。

当然，我们可以有我们个人的幻想，我们的幸福追求，我们的美好快乐；我们可以将其付诸实践，因为我们确信这些东西的内在活力能够显而易见地增加我们的幸福。但是，如果我们真要引导他人的话，这个引导就一定要像路标一样，指出路的岔口，让别人弄明白选择哪一条路，不要像警察一样，强制实施我们自创的权威法则。

所有帮助我们、激励我们、安慰我们、支持我们、赋予我们活力的东西于我们来说都是合理的；对此我们永远无须怀疑，如果我们的快乐不是建立在他人付出的基础上的话；我们必须允许和鼓励他人拥有同样的自由来选择他们自己的安宁、他们自己的快乐、他们自己的精神支点。如果一位主人力劝客人吃他喜欢吃的食物，喝他喜欢喝的饮料，做他喜欢做的事情，你会怎么看待这位主人呢？然而，在其他诸如精神与思想等的意识形态领域，这恰恰是许多善良的人一直在做的事。

在所有这一切中，我们不得不担心的一件事就是，我们渐渐地变得好逸恶劳，独自享乐，遮掩隐藏我们自己的幸福。我们必须用一件事来衡量我们的快乐效果，而且也只有这样一件事能衡量——我们的情感和同情心是否增加，也就是对他人的思想和人生抱有的热情。如果我们最终只是希望远离这一切，希望在一个我们设想的秘密洞穴中啃食那些人生中打拼的成果，希望通过冷漠来获得宁静，那么我们就一定要抛开这些想法；但是如果我们的思想让我们进入了一个充满希望、活力、热情的世界，最重要的是充满慈爱，那么我们就无须担忧焦虑；我们可以像朝圣者一样，走进舒适的房间来恢复精神，在那里，我们可以兴致勃勃地欣赏画作，看蜘蛛，看家禽，看这个地方一切令人愉快的美好事物；我们可以在路旁凉亭里休憩，来品尝香甜的美酒和美味的蜜饯，站在微风习习的山顶，欣赏比乌拉[1]的溪谷美景，眺望远处青翠的群山高耸入云，屹立于天边。

①比乌拉，是《圣经以赛亚书》中的以色列土地。——译者注

第十八章
评说科学

几天前，我读了一本特别直白的书，书中渗透着一种武断傲慢的气息，此书作者特别关注所谓的宇宙机械理论。书中描述的世界就像是一个沙漠，狂风翻卷着沙土飞扬。透过作者的眼睛我看到的世界只有风和沙土。他其中的一个观点是，每一个传经大脑的想法都是因为大脑中的粒子改变而形成的。因此，哲学、宗教和生活本身只不过是被无形的风和运动翻卷着的沙子，仅此而已。他一遍又一遍用他那枯燥无味的方式强调说，没有事实支持的任何理论都是无用的，而且哪怕留下的只是尚未解释清楚的思想一角，我们也应该尽快找到更多的事实依据，将最后的谜团解开。

但是当我读到这里的时候，我感觉此书在说人类的思想就如其他事实一样是事实，当一个人想象到美的事物，或者在悲痛之中希望降临到他身上时，此时发生的事情就如同现实中的事件，真实的如同大脑中的一颗粒子，翻滚着，匍匐着去靠近另一个粒子。我并不是说所有宗教哲学理论都是正确的，而是说，它们都是真实存在的，过去存在，现在存在，他们不会消失。当然，在理解一个理论时，我们一定不能忽视一套事实而完全依靠另一套事实。但是我相信，人类的强烈而又可怜的欲望会想去了解他们为什么在这里，他们这样做时为什么会有感觉，他们为什么要忍受痛苦和享受快乐，等待他们的是什么，这些事实就像从伤口处滴下来的血液，在太阳底下舒展开的叶子一样有意义。作者最后得出的令人欣慰振奋的结论就是，我们只是一组动画玩偶，是凭借一种他称为力的东西的作用使沙与水漂浮而形成。但假如真是这样的话，为什么我们所有人都从未真正感到满足，为什么我们还会有爱有恨，还希望自己与众不同呢？我仍然相信有一种精神是和我们的希望与梦想分割不开的，比如一些个人特有的美好、慈爱、纯洁的品质，比如一些不被地球束缚，自由自在的东西。我们自身经历过的以及等待我们去经历的，使得我们自己本身与其他人完全区分开来，使我们特点鲜明，这在我看来，其他所有事实依据与这一点相比都黯然失色。还有另外的大量事实是，大家都是相似的个体，这一点我们是能够辨别、认知的，而且也是我们非常渴望的，并非是排斥的。我们的思想与他人的思想相融合，或者我们的思想传递给他们，或者他们的思想传递给我们，最终成为坚不可分的一体。

当一个恋爱中的人知道他的爱是可以被解答的，而且知道这一切是大脑分子活动的结果，这样真的会使他高兴吗？在我看来，这样的言论似乎并不是愚蠢，倒像个口齿伶俐的愚笨小孩推脱责任的说辞。我认为我们真应当好好地跟这位科学家谈一下了，就像兰斯洛特爵士非常礼貌地同那位多管闲事的骑士说话那样让他知道他所提供的服务没必要，我们此时也不需要他的理论。

我的这些表述并不是在说，这项科学研究是错误的或是无用的。而恰恰相反，神的旨意就掩藏在我们周围琐碎的物质事物中；去探索它是一件非常自然甚至可以说是非常高尚的工作。但是如果它引导我们做出我们现在还不能合情合理得出的结论，那样做就是不对的。那是用解释事物可见性的方法来解释不可见性的推理，是不合理的！

在此让我引用一句高大上的句子，这句话对我帮助很大，当我要有别的想法时，它总是提醒着我思想终究是物质一样的真实存在。这句话是一位智慧又温柔的哲学家威廉·詹姆斯[①]所写的。他从来不会违背自己对于真理与现实的严格标准去蔑视单纯善良人们的平凡梦想和渴望。他写道："说人有一种对看不见的存在的感知，许多优秀人士在最美好的年华会经历这一感知，有些人在深沉的思索中会感受这一感知，美好人生离不开这一感知，力量源于这一感知，我认为这种认识有

① 威廉·詹姆斯（William James，1842—1910），美国心理学家和哲学家。代表作:《心理学原理》《人的不朽》《真理的意义:实用主义的后果》等。——译者注

失偏颇——我说的意思是，不把那种感知同人生目的重大意义联系起来是可笑的，而且，如果把那种感知同另外一个有关客观存在的哲学调和在一起，则尤其荒谬。”

那是非常宽泛而包容的表述，既没有仓促地得出确定性结论，又表现出对无法用清晰有说服力并符合逻辑的方式表达的热诚愿景抱以美好同情。

我在此拙作中所说的话并非是对职业哲学家和科学家所说的，因为他们从事的是知识研究，而是对那些只能实事求是生活的人所言，因为大多数人的生活就是如此。我祈求他们不要被科学或宗教的教条主义者所震慑，所迷惑。毫无疑问，我们都喜欢弄清一切，希望我们的所有困惑都得以解决，但是我们用宗教、哲学甚至科学的方式都不可能了解一切。我们必须安于不去了解。但是，因为我们不知道不了解，所以我们才有必要去感知，所以我们才没有理由将整个谜题搁置一旁视而不见而只做我们喜欢做的。我们也许心存敬仰、希望和爱意，这三件都是我们应该做的事。对我来说，既可能又理想的目标——在此我谨代表一个个人观点——是尽可能地按美的规律生活，不屈服于使我们灵魂感到羞耻和侮辱的事情，不卷入冲突的泥潭，不跌入痛苦的吹毛求疵的深渊，不让自己被生活忧虑弄得焦躁不安，清楚明白地告诉自己：“我不会接受狭隘、卑鄙、自私的思想，但如果它是宽容、善良、高尚的，我会欣然接受并加以遵循。”比较清晰可鉴的生活法则之一就是，我们可以改掉习惯。如果我们愿意，我们可以做着祈祷、洋溢着激情、满怀着信心地开始我们的一天，就像冲个澡上个厕所来开始新的一天一样。我们可以这样对自己说：“今天，我一定要开心、幽默，充满活力，待人友善。”这些能量与潜力是客观存在的，即使我们被失望、焦虑和痛苦的阴霾笼罩着，我们也可以表现得能量满满，就像这些东西不曾存在一样，因为一定会有一种真实的、高尚的快乐来遣散阴影和麻烦，不让它们侵袭我们。我们没必要控制内心或者假装快乐，我们常常不向爱我们的人倾诉烦恼，其实，他们愿意给予我们安慰，并从中获得更大的快乐。我们可以使我们的想法更切实际一些，因为生活中大多数的不如意往往是由于我们在不应该懒散的时候选择了懒散，在应该惬意的时候选择了忙碌。在这些方面，一个小小的计划就会对我们有很大的帮助，习惯也会很快形成。我们不知道我们自身选择力有多大，这的确是事实，但是，假如我们有选择力的话，这也许是错觉，假如能称为错觉的话，那么这种错觉远比大脑中分子的运动更真实。

接着就会有另一个事实变得愈发清晰，也就是所谓的暗示。假如我们可以把一种想法镶进大脑，不是进入我们的逻辑推理区，而是进入我们大脑内部的天生物理区，无论这是一个卑鄙的还是高尚的想法，它似乎都无意识的侵入我们的思想当中，即使当我们好像已经将之忘得一干二净，它依旧会不停地繁衍泛滥。我相信这就是祷告的作用之一，我们可以将之渗入到思想之中，使之整天如影随形地跟着我们，因此，这不仅仅是一种虔诚的习惯或者传统来度过一天伊始，我们也可以滋养愉悦、豁达的希望，正如早餐之于身体，力量源泉之于精神一样。我发现，在这样的时刻读一些细腻的、丰富的、优美的或者有着高尚思想的书籍对我们身心健康是大有裨益的。

有许多人工作很努力，但在清醒时刻大脑就充斥着古怪、虚幻的悲观情绪，我认为这是一种思想饥渴，它渴望喂养，但这种情绪会伴随着一种非常短暂、清晰而又充满希望的忧虑，至少在我身上是这样的，这时的美好想法之于我就如泉水之于干渴的人。因此，大多数时候，我会尽快将那样时刻产生的美好想法置于大脑深处，就像人们常看到的明亮硬币闪闪发光坠入池塘深处一样，或者用一个更普通的比喻，就像落入杯底的糖，使水变甜。

这些都是不起眼的小事，但是，正是通过这些平凡的经验而非大理论让我们获得快乐。

第十九章
逃离纷扰

带着一种解脱感，我走出矮矮的拱门，感受阳光的普照。会议已经结束，我们各自散去。在这间旧的格子间里我们坐了一两个小时，一群精力旺盛的人讨论一件小事，大家态度友好，热情洋溢，想法新颖。我的发言不温不火，但足以感受到其中的快乐。

然后，我独自骑上自行车进入芳香四溢的乡野，置身于触手可及的绿色与深蓝之中。上有蓝色的天空，下有黑色的土地，在这片空间里生命体尽情舒展。阳光灿烂，微风徐徐，一切那么安静。在我脚下冰冷的石头深处，隐藏着泉水的奥秘，在那之下或许是蓄积的炽热和被固封的火焰。

这一切意味着什么呢？我们一直在忙碌着什么呢？引发我们思考和激发我们表达的意义何在呢？茫茫宇宙中所有这些又扮演了什么角色呢？

开满鲜花的荆棘树散发出温馨的香气——它的表现足够优美，而这不也正是我们一直在笨拙地做着的事情吗？荆棘树也是活着的生命体，专注着自己的生机，元气满满，香味涌动，花蕾绽放。金翅啄木鸟保持着身体平衡沿着篱笆飞舞，麻雀绕着干草堆叽叽喳喳叫个不停，公鸡一边觅食一边啼鸣，所有的生命都热爱着自己的生活，好像在向世界宣布它们活着并忙碌着。到处是一派活泼生动、令人惊喜和充满激情的气息， 有种东西被触动，有种东西在表达——然而，究其原因我无从知晓，所有生命皆如此。

这种情形会让人想起古诗，就像夏天的闪电一样开始不断在脑海中闪现。果园里花朵缤纷，两个隔着花海的孩子正在呼朋唤友；小路上走来一位皮肤黝黑、无忧无虑、举止优雅的放牛娃，虽然身着粗糙布衣但掩饰不住他匀称的四肢和从容的动作。他用多利安语[①]问我时间。西西里岛上的牧羊人聚在一起吹着管笛，画面美不胜收；然而我和男孩脑子里想的不可能一样！

所有歌颂过春天的诗人都难以有那天我感受到的美妙。然而没有哲学家或牧师告诉过我这其中的奥秘是什么，为什么如此不停地焕然一新；但至少有一点是很明确的，这一切给我带来的心情是非常快乐的，这种心境让我渴望分享。

一小时之后，我又回到了乏味的工作状态，原因无他，只是因为这是我的责任——无非是批改一大捆枯燥的试卷。通过精心设计的问题让学生了解一些事实很无聊，意义不大，除非他能用一些活生生的东西来填补事实的空架子，否则不值得人们在这上面浪费时间。我敢说，在全国各地拥挤的教室里，有很多学生正在接受着这些事实的灌输，一眼看不出这有什么意义，但还要记住我所操纵的那类问题的答案。令人困惑的是，我们固执地认为这样的操练是我们人生的一部分。这种操

①多利安语，是古时候的希腊方言。——译者注

练真的和我们人生关系很大吗？正如那位睿智却懒散的老约翰逊博士所说的，对他来讲，活着的时候永远不想再经历布匿战争[1]！他又强调说："如果你教导你的女儿们，让她们知道行星的直径，当你教导完的时候，你会怀疑为什么最后她们却想让你离开。"

难道我们不能以某种方式让生活简单化吗？我们为什么就认定我们能够启发那么多孩子呢？对这些东西不过分强调、浮夸、复杂化而是更直接化，表达更多我们的真实感受，做更多天性使然的事情，对我们来说，就那么不可能吗？

我们一直保持着生活的快节奏，越来越远离修身养性的森林与田野，想到这些，我的心一阵阵剧痛！所有这些都是因为我们想要的永远比我们需要的多，而且我们从不满足，除非我们被他人羡慕和嫉妒。

对于我来说，治愈这一顽疾的最佳方法是，拥有朴实简单的人生，按自己的方式生活，睁大双眼去寻找围绕在我们周围

①布匿战争，是在古罗马和古迦太基两个古代奴隶制国家之间为争夺地中海西部统治权而进行的一场战争。——译者注

的简单快乐。

我不信仰人生精心复杂的安排，我认为我们可能被裹挟其中，但我们不可以参与其中。我不相信轰轰烈烈的反叛，我相信和平的变革；这也是我在此书《心灵乐园》中所秉持的信念。我认为，我们在日复一日的生活中应该清理出一个空间来存放感知、希望和快乐。这是我们首先应该做到的，然后与大自然的美和谐共生，让它的芳香浸入我们的思想和心灵，最后，我们会感到精神焕然一新，也能发现我们周围人的思想和心灵的美丽和活力。人生是复杂的，不是因为人生中遇到的问题不够简单，而是因为我们大多数人太不能接受别人的不同意见。

在有关骑士精神的古典书籍中，心底秉持着相同信念的男人间却似乎有着无尽的不必要的争论与搏斗，他们会因为小小的分歧而展开一场你死我活的拼杀，双方都想置对方于死地，尽管惨败者也同样热爱生命。曾有两个勇敢骑士，兰马洛克骑士①和米利亚格朗斯骑士②为了证明哪一位贵妇更有魅力

---

①兰马洛克骑士（Sir. Lamorak），是亚瑟王手下圆桌骑士之一。——译者注

②米利亚格朗斯骑士（Sir. Meliagraunce），是亚瑟王时代比较邪恶的骑士。——译者注

进行了一场搏斗，双方厮杀得甲胄横飞、骨头断裂、鲜血喷溅；其实当一切结束时，根本证明不了哪一位贵妇更迷人，唯一能说明的是两个骑士中哪个更强壮而已！而如今，我们似乎也在做着同样的事情，只不过我们是在试着去伤害别人的心和思想，最终让他感到害怕和疑虑，让他一直笼罩阴云并失去工作活力。在过去的几周时间里，有几位热诚的神职人员一直在努力地撰写基督教派的时事通讯，里面都是滔滔洪水般虔诚的咒骂言辞，这些抨击也涉及一个有关考古的技术问题，让我显得荒唐可笑，因为我与他们的观点不同。值得庆幸的是，我承认，随着年龄的增长，我根本不关心这种愚蠢的争论，让我唯一感到不安的是，我发现人类这么幼稚这么焦躁。

真的令人又好奇又喜悦！我所渴求的是，无论男女都不应该如此地浪费宝贵的时间和快乐的人生，而应该径直走进现实，走向希望。有一百条路可供我们选择，我们唯一要确信的是追随自己的脚步前行，不是无力地一次又一次地从一条路走到另一条路，不要追随他人，而是要清楚我们感兴趣的是什么，吸引我们的是什么，我们热爱和渴望的又是什么；最重要的是要记住，我们有责任彼此理解、敬重和安抚，不仅在激烈争论的现场如此，尤其在有完全信任的伙伴同行的安静小路上更是如此，在这里地平线无限延伸，穿过一道道田野，越过一片片丛林，与弧形柔和的天际接壤。

第二十章
满怀希望

在我办公室的桌子上一直摆放着一排排柠檬色的、浅橙色的、石板色的书卷，前几天，我随手从这些经典中拿起一本类似杂志的东西。我现在不想质问为什么英国人对书封面上的污点和指印如此习以为常，而是想说，这些书籍对于我来说永远是一种耻辱的提示，因为这使得我看到了有多少科目和多少教学方法让我的平庸思想感到了沉闷无聊。然而这次，我的目光落在一首闪着光和美的诗歌上，那种微妙的优雅似乎非人类创作，也难能为人理解，这是阿尔弗雷德·诺伊斯先生[1]的抒情诗。它就像魔咒一般，瞬间驱走了我的疲劳，我真的厌倦了没完没了无聊的会议以及伦敦大街上的人声鼎沸和车水马龙。还有一首优美的诗，尽管很忧伤，但还是唤起了我对罗伯特·勃朗宁精神的回忆，我不是在回忆他是一位伟大的哀婉派诗人，他一生过得充实完满并年复一年地弹奏着音质清脆的竖琴，那么庄严甜美；而是在说，他的精神就像高贵非凡之物，完全被遗忘并与现实世界形成鲜明对照。

下面是这首诗的一小部分：

你手可以拨动神圣和弦，
落在这里寂静无边，
太过平凡心灵无法相和，
一位绝望的偶像从此流传。

五月照常来到英格兰，

①阿尔弗雷德·诺伊斯（Alfred Noyes，1880—1958），英国诗人。

只是不再那般明亮耀眼；
上帝今天不在天堂，
你的祖国也不是他的家园。

我认为那就是一种神奇之美！但情况真是那样吗？我不希望是那样，我认为也不会是那样。诗人继续说道，现实与希望的矛盾已经抹杀了真理的神圣光环，科学所做的不过就是剥去骨架上的血肉，并授予这副骨架无上荣誉。被分析和悖论所欺瞒的时代不再向往高尚与美好——还有什么比这样的批评更严厉、更令人沮丧吗？我认为，对人生缺乏信念和向往是一种悲观态度。虽然悖论制造者现在很受欢迎，但那是因为人们对生活的阐释感兴趣；没错，我们现在对幻想和想象没有耐心，只想看事实，因为我们觉得，不以事实为根据的幻想和想象引导不了人生。但我认为这种认识有些令人压抑，也有些病态，而且还很肤浅，没弄明白世界是以自己恒定不变方式在运转的这个道理。一个孩子在遇到痛苦失意或无聊地做了一天功课后，常常会哭着说再也没有快乐了，我想那种认识和这个孩子的想法无异。

这首诗的结句反复强调勃朗宁“超越了死亡，获得了永恒”。他真的做到了吗？我希望我感觉到了！当然，他有一种不可征服的乐观主义精神，从失败中看到希望，从缺憾中看到完美。但是我不能把希望寄托在另一个人的一句话上，无论这个人是多么的英勇和高尚。我所希望的不仅仅是表面的生动和欢乐；做苦工的奴隶不会因为他的主子高兴、英勇和强大而高兴。我必须靠我自己的希望和条件建立我的信条，而不是靠别人的力量和欢乐。

接着，我的目光落在一篇文章的一句话上，这是一篇关于我们社会问题的文章；我读到的内容是这样的：

> ……人类必须依靠辛勤劳作才能避免“饥饿”，这是人类的共同命运，现在这门关于“饥饿“的哲学正在哭泣，因为作为哲学，它只能谈一谈、写一写、评一评而做不了其他。

我认为这其中还有更多可盼的期望，尽管话说的不是温文尔雅，因为它为即将到来的东西开辟了真正的希望之路，而不仅仅是对固有星辰的哀歌。

我们来到这个世界，如果想快乐，就必须与他人分享，想到此我们也许有些不舒服，“饥饿”哲学不就像这种情况吗？它不是指这位哲学家挨饿，而是说他没办法不想着其他所有挨饿的人；他之所以不断地大谈和书写这门哲学，是因为他知道有人在挨饿时而感到不安。一方面，自己过上了舒适的生活，另一方面心里还有着许多人特别看重的耐心、正义、和宽容，这就会令人不安，这一切不安都是因为不断滋养起的同情心，虽然还没有做到自我牺牲，但正在向这个方向发展。

那么，我们必须问问自己，我们的责任是什么。我认为，我们不应该舒适安逸地歌唱世界上事事顺利，而应该看看我们可以做些什么来使世界事事顺利地平等、分享和给予。

当然，最好是那些生活舒适的人能够走出舒适，并过更简单、更和善、更直接的生活；但除此之外，我们可以做什么呢？面对这一切，只因为别人那样生活，我们就放弃享受与快乐去过卑微和忧虑的生活，这是我们的职责所在吗？如果能一想到世界上那些处于无助的痛苦和艰辛的人，一想到他们流淌的泪水，我们就心如刀绞，我敢肯定地说我们的这种感受就足以证明我们的伟大。

但如果因为在俄罗斯或印度有人挨饿，我们就不吃不喝，或者因为一些病人的痛苦失眠，我们就不睡觉，我想，我们就陷入了最糟糕的堂·吉诃德主义和悲观主义的泥潭。那似乎是一种病态，是自找痛苦。

但我认为我们必须尽可能地分享喜悦，让快乐得到分享、并保证它的品质，使它纯净、真实，这些都是我们的责任。如果我们能够不靠财富和舒适获得快乐，那我们才活得最精彩；而且，生活越是顺其自然，我们越是能够真切地感受到欢乐并不取决于兴奋和刺激，而取决于生活中真实生动的东西。

我们很多人的人生输在了竭尽全力追求享乐上，输在了只做鉴赏家而不做生活家的行为上，输在了缺乏健康活动和乐趣的品位上。

那天我正好有一个小时的时间，逛了一下艺术馆，感受不是太好，如果这些漂亮的房间就我一个人在游览的话，倒是一件很令人愉悦的事。但事实却是，游人如织，你推我攘，他们似乎不是在欣赏什么而像在找人！当然，那些画作也真是一个离奇的大杂烩！很多面孔奇形怪状的老人画像，散发着沉闷、邪恶、无礼的气息。也有一些所谓的写实生活的画作，但表现出的却是愚蠢、矫情、造作的姿态；还有一些荒唐的寓言类东西，犹如蹩脚的闹剧；但实际上，英国的艺术优势都来自于美丽的风景、肥沃的田园、夏天的溪流、遥远的森林以及波涛滚滚的大海；我认为最打动人的图片是要给人以大自然的欢乐和美丽的，而不是什么胡思乱想的幻境，应该是人们带着爱和满足看过一百遍也不厌腻的景象，应该是稻谷飘香的原野，应该是流水淙淙的磨坊，应该是静静牧场环抱着的沐浴池塘，应该是水草萋萋的湖泊，应该是暮色霭霭中的花园老房子。所有这一切历久弥新，充满着生机与欢乐。

接着，我来到了雕塑馆；我无法形容那六七座半身雕像给我的震撼——这些雕像的面部表情似乎传递着人生中的惊奇、怜爱和痛苦，让我瞬间感觉到表情中有一种分享的渴望，这种表情无论是在过去、现在还是未来，人们都会感觉到深深的爱意。在这里，人们似乎可以感觉到伸向自己的手，感觉到那些渴望理解和喜爱的心，感觉到面颊侧畔的呼吸，感觉到耳旁的话语；因此，整个雕塑馆融化为一个给人以启迪和昭示的群像，空气中弥漫着灵魂之音呼唤着我，引领着我；神秘朝圣之路上不断给予爱和渴望爱，是不能够犹豫和停滞的，但可以在路旁稍做休憩，感叹一下那种看不见的神奇力量，倾听它的呼唤："停一下脚步吧，去爱他人，接受他人的爱，享受快乐。"同时再倾听一下它的另一个声音："别停下，去经历，去忍受，去悲伤，一直到生命尽头。"

这时，人生美与痛的难解谜题再一次展现在人的眼前，这是一种我们必须学会协调融合的双重重任，我们希望生活继续的同时也晓得张弛有度。人生究竟是美还是痛？如果一个为真命题，那么另一个必然是假命题！我对于我坚持的毫不怀疑。死亡和静止也许会欺骗我们；但生活和欢乐不会。在生命活动终止的背后也许还存在着某种东西，事实上，我完全相信其存在；即便不是这样，也没有什么能够掩盖爱和欢乐的真实性或是抹杀我们潜意识中的那个“真我”。那么，我们就会希望自己不被错综复杂的生活欺骗、诱导或迷惑；那么，摆在我们每个人面前的道路就会变得清晰和平坦。

因此，正如我说的那样，我们一定不要被生命终止所欺骗。我们知道，被分解和改变的无非是我们的生命躯壳；它可以融入泥土，可以葬入深海，但它不能被消灭；我们的灵魂就是如此，它们可能经受一千次的转化和变幻，但它们一定是永远存在的。

因此，我们要勇敢地去经历并坚定地接受，不要恐惧，不要泄气，要尽快地投入生活和快乐中，不要迟疑。在现实中，我们的时间都浪费在了焦虑、琐碎、老套的事情上。我们无法规避这些东西，但是我们应该经常审视它们，掂量它们，摆脱它们，甚至战胜它们；我们一定不要被蒙骗而误认为它们是人生中的精彩片段。如果我们心里感到恐慌、疲惫、焦虑，我们一定要想办法恢复镇定；我们一定要千百次地告诫自己，相信会平安无事的，我们之所以不安是因为我们自己没有找对方向。最重要的是，我们不要为自己找可怜的借口。我们应该像寓言里的那位妇人那样，当她丢失一枚硬币时，不是坐下来哀伤自己的运气不好，而是辛勤地打扫整个房子，直到找到它为止。世界上不存在丢失而永远消失的东西；我们失去了的东西只是暂时被保留在别的地方了，我们会有机会再次找到它的。我们不要因此懊悔。唯一值得哀伤的是没能做得更好；但是，如果哀伤无济于事，我们最好还是忘掉它；我们要尽量忘记失败和过错，因为只有这样我们才会真正感觉到快乐并恢复勇气，才会心平气和，而且这一切就像近在咫尺关闭着的房门一样，我们可以起身走向它，如果我们想，如果我们愿意，我们可以随时打开房门。

第二十一章
亲历人生

道德家和圣人的格言、愤世嫉俗者的警句、牧师的布道词、智者的幽默警告都在疾呼世界上没有什么是真正值得拥有的，名声会带来疲惫和焦虑，爱是阵发性的冲动，财富是沉重的负担，野心是累人的梦想；如果把这些忠告一股脑地灌输给活力四射的年轻人，就真的如同将冰水倾注到奔涌跳跃的小河中，有些让人难以接受。对这些突兀的说教，年轻人是不会听的，他们只会按照他们自己渴望的方式继续人生，努力丰富自己的阅历，追求胜利和成功的喜悦，无论如何都要亲自尝试一切。经验性的告诫以及年轻人的认识都没错，但都是某种程度上的正确认知。奋斗、努力、坚持不懈，确实带来美好的东西，它远比闪亮的皇冠和响亮的号角更美好。

造成这一事实的原因似乎在于，人就需要用名望、财富、享乐以及想象的满足感来鞭策。我们需要的是经历，即使我们对其一无所知，即使经历本身如同日晒雨淋的残破旗帜看似乏味、过时、无用而无法证明其魅力所在。人们太过于渴望达到目的，而且那些关于追求期望的公认价值观也常常是错误和扭曲的。我们人类就是这样，都希望闲适，但有些人因为不清楚进一步努力会带来什么而过早地形成闲散的习惯。当然，人需要物质生活，但当一个人拥有了他所需要的一切的时候——如甜美的饮食、安静的住房、花园和树木、小溪蜿蜒的草坪、适宜的工作、幸福的家庭——似乎又会产生不满足！他往往还会考虑接下来能获得什么样的生活，手里握着杯子，接下来要盛装什么样的酒呢？这也正是人类无端忧虑的失败之处，因为不能让自己拥有一个积极、健康的生活。人的眼界应该超越这些，寻求某种给自己增添欢乐的东西。

当前，如果可以，我们需要做的是，平和宽厚地对待人生，把生活、经历、情感看作是现实的馈赠而不匆匆一过、弃之一旁、置之不理，就像一个人不能为了时间而胡乱地对付餐食一样。千万不要把生活看作是逾越节[①]盛宴，正襟危坐，有人服侍。生活就在那里，等着我们自己去经历和度过，我们需要做的就是尽可能地让人生更有品质。

那么，如果可能，我们必须为生活、工作和生计以及休闲提供条件，然后就不要再为这些烦心。但是，我不知道多少人会有这样的想法："当我有了足够的钱，当我找到了一席之地，当我把生活安顿好了，我就会按我自己所想的那样生活。"但欲壑难填，闲暇时间永远不会到来!

我们不能这样自欺欺人。我们要做的是，赶紧行动起来，让人生活得有价值。我们要努力享受我们不得不做的，尽量不做我们不喜欢的，除非我们硬着头皮要做的一定会给我们

①逾越节，犹太人最重要的上帝的节期，通常在阳历四月，希伯来文意思是"越过"。——译者注

带来真正需要的东西。我们无须去精心雕琢生活的酒杯，因为在我们雕琢之后，往往会发现要填满杯子的美酒其实在很久以前就已经蒸发掉了。

我可以说说我所认为的生活中的美酒是什么吗？我认为那是一种精神上的力量和富有，能够使思想和心灵得以充分展现。我们每天起床时应该带着一种高昂的热情、一种明确的目的、一种让每时每刻都过得有意义的计划；不要让忙碌压得喘不过气来，不要忙乱地跟风追逐，如果那样，到头来只能使得所做的每一件事都变得沉闷无聊。

我们有工作需要做，也有空闲的时光需要度过。如果度过那些空闲时光不是作为一种负担，而是作为一种快乐，愉悦那些我们爱的人，并和他们愉快地亲近，那我们就是最幸福的人了。我们为此要会充分利用时间。应该有一些娱乐消遣，但不要强迫自己，而应该顺其自然。做运动、种花草、做手工、练写作，即使只是悠闲地写写信、听听音乐、读读书，这些都会使躁动的身心有事可做；因为，毫无疑问，我们的身心不能空闲无聊。

但最重要的是，一定要有一种东西能让我们的灵魂变得敏捷活跃并得以锤炼。我们不能将这种东西强加给自己，否则将徒劳无功，枯燥无味；但我们也不能让它在我们的懒散中溜走。无论美以何种方式感染和召唤我们，我们都必须遵循它的法则。我们一定不要因为那种感染力使我们个人的内心增添了平和、希冀和力量就认为它是一种个人属性的东西。

我记得有这么一个人，他对书籍有着很单纯的兴趣。他对书籍中精华部分的洞察和热爱有着常人无法比拟的能力。对他的评论不掺杂我个人的偏好，也无意于对他人批评和蔑视，只是想说，他对美的东西的那种热爱是多么的适度、自然和独立，因此，在听他谈论他所喜爱的事物时，你的内心无法不升腾起一种渴望，要去体会他所拥有的那种快乐。我经常跟他谈论起那些我认为无聊透顶的书；但他都能很熟练地解开这本书中暗含的思想，而这种思想必须通过留心整本书的主题才能找到，因此，他一次又一次地让我带着好奇和思考重读那些我曾扔在一边的书籍。但真正值得关注的是他对最亲近的周围人的影响。我不认为他的家人天生智力超常或能力非凡。但他的思想和精神似乎已经渗透到他家人的身心中，我认识的人中没有人会像他的家人那样能够很轻松地理解美好事物并感受到快乐。他家里的气氛一点儿也不沉闷无聊，这并非因为他们讨论的是自己喜爱的话题，而是因为他们的观点是那么的鲜活和敏锐，以至于一切都显得那么的生动而有意义。去过他家的人都会感觉到视野开阔，会觉得这个世界充满了活力的思想和美好的事物。

我无法描述那种微妙且有感染性的效应。那种作用并非让你感到一下子很长知识；也许会让你对自己懊悔；那不是知识的炫耀，而是使知识本身成为一种令人兴奋和有趣的东西，就像多变的风景一样。

和这些人在一起，你才会惊讶地发现原来一直摆在你面前的精彩绝妙、蛛丝马迹、错综关系你就是没看到。这种影响最好不要转瞬即逝，最好能成为一粒火种，发扬光大，自行燃烧。

这正是我们应该寻找的那种神圣之火。火肯定是世界上最美好的象征！我们坐在寂静的房间里，感受着安稳、平静甚或寒冷，然而，在我们的周围都是没有意识的家具和家庭物品，它们都具有可燃性，在加之周围储藏的各种燃气，一触即燃，很有可能就出现一场大火。

我记得有一次坐在一间房子里，地下室的一堆木材着了火；寻找灭火水管和向燃烧的地下室钻孔，这些都颇费了点儿周折。我走进安静的餐厅，这里刚好就在燃烧的地下室之上。当我们掀起地毯并飞奔着取下壁画的时候，看到了被点燃的地板正在冒着一股股黑烟，这时房间里已热浪滚滚，随时会砰的一下灰飞烟灭，这一情景令人震颤。

还有一次，我看到在荒草丛生的山顶燃起一堆熊熊篝火，看到巨大的树干燃起大火，形成红色的瀑布倾入空中，是那么的温柔，那么的义无反顾，让人产生莫名的感动。这和人的思维一样，材料存在并且被压缩着、封闭着但可燃烧；只要火种能够从其他燃烧的心灵跳跃进入我们的思想，我们也许会惊讶地发现那种喷薄的力量和热量，虽然无声，但潜力无限。

我认为对于我们每个人来说最有价值的是尽力将这种心灵

之火引入我们的思想。它不像凡间之火是毁灭、危险、野蛮之物，而更像引擎，可以将水变成蒸汽，将最柔和、最无力、最纯净的元素转化为无法抵抗、无法抑制的力量。可燃烧的材料就在我们许多人的思想里，但他们从来没有感觉到这些东西还能发出熊熊火焰，因此，首先我们应该注意到这些材料的存在，然后带着敬畏之心接受那种心灵的点燃。这种炽热之火需加以克制、控制并予以保护；但我们的快乐不能只包含纯净、柔和、沉静的元素，它必须有一颗火焰般的心。

第二十二章
追求信仰

我们应该学会培养、训练、调节情感，就像我们训练其他能力那样。然而人们目前很难做到这一点。早期人类训练身体让自己强壮，当唯一的分歧只能由力量来决定时，那个被委以重任的人必然是强壮的、勇敢的、英勇的，他会像一个备受鼓舞的人那样斗志昂扬地战斗。随着世界文明的不断进化，弱者联合起来抵制暴力，人类不再以搏斗和战争的方式解放思想分歧，而是以投票和仲裁等和平的方式解决争端，这时，理智走上前台，而作为健康标志的身体力量则退回到幕后，理智成了统治力量。但是我们的进步应该不止如此，而实际上我们确实已经取得了进步。佛学和斯多葛主义[1]更多的是受理智而非情感支配，它们都承认痛苦和悲伤是人类生活不可分割的部分，并告诫人们战胜这些不幸的唯一方式是无视它们，抑制住令人失望的欲望。基督教是一种比较高贵的对人类思想“征服”的第一次尝试，但它教授人们完全抛弃“征服”的观念，教导基督徒放弃雄心、忍受压抑，不以暴制暴，屈从而非争斗。

“基督教斗士”这类比喻是与《福音书》精神格格不入的，但掌控基督教的后来者承认，基督徒人生中有争斗思想是人类本能之一。《福音书》中一个基督徒的理念是朴素、简单和不计得失，他会因为过于关心他人而完全忽视自己的权利、欲望和目的。他被描述成一个不追求任何知识、政治或艺术的人。他随遇而安；他不追求金钱、舒适或积累财富。他不图谋尊贵和权力，甚至也不太在意尘世纠葛。悲伤、失意、痛

① 斯多葛主义（Stoic Philosophy），源起于希腊城邦制度解体后的希腊化时代。——译者注

苦、不幸只不过是他穿过的路旁阴影，如果说这些东西有什么意义的话，它们就是为考验这位基督徒情感意志而存在的。这位基督徒的思想启示是——不应该与世界进行任何抗争。世界应该回以安然，不该有什么报复争斗，也不应该有一点点儿这样的想法。基督徒尽其所能也无法做到最好，但他也是最棒的，因为他的目标很明显是完美的。

那么，这种信仰如何得以持续呢？一种与神和上帝直接、坦诚的沟通意识可以保持这份信仰。基督徒从不怀疑上帝指引他的意图绝对是善良的、友好的。他不会试图了解罪恶和痛苦存在的原因；他只是忍受这些不幸，并坚定地期盼灵魂永存。但没有任何启示告诉他在什么条件下灵魂会继续存在、灵魂渴望什么或如何活动，然而目的很明确——一个基督徒应该活得自由、充实，但他的爱及人性情怀需超越所有其他目的和欲望。

人们常说，如果这个世界真的接受了“山上宝训”[①]，这个世界的社会结构就会很快解体。这是实情，但没有人会认

---

① “山上宝训”，是《圣经》马太福音中耶稣在山上所说的话。——译者注

为，解体原因是不需要这个社会结构的。社会结构之所以解体毫无疑问是因为少数人不接受这些原则并会紧抓不放尘世之人所追求的东西。基督徒中大多数人将会成为少数非基督徒的奴隶，并受他们摆布。如果说基督教是一个社会体系，那么它就是一个最纯粹的社会主义，一个非强制并无私的社会主义。当然，人们很容易发出嘲笑，认为没有可能把如此庞大复杂的社会体系解体为更加简单的结构，但事实上，在整个世界历史中也鲜有像阿西西的圣·弗朗西斯那样的人敢于真正地以基督徒的方式生活，也鲜有人会对人们的心灵和思想产生巨大的影响力。问题不是人生不可如此，而是人性不敢冒险一试，这也就是耶稣所说的“很少有人会发现那条窄路”的真正含义。真正令人难以理解的是，世界上有如此众多的人接受基督教并十分虔诚地公开表示自己是基督徒，但他们却根本不遵从基督教教义。教堂的目的似乎已经不再是为了给人们原始教义启示，而是成了适应人类本能和欲望的地方。这于我来说就像那个离奇、朴素的布列塔尼古老传说——救世主派使徒去把死鱼当活鱼卖掉，当他们无功而返的时候，救世主非常生气，说道："如果你们连说服普通人把死鱼当活鱼买都做不到，我怎么能让你们去做渔民呢？"这是一个有关传教方式的非常尖刻的小寓言!这样的寓言让人感觉基督教在某种意义上是一种失败，或者说是一种不能实现的希望，因为它与尘世之人讲条件，而且已经变得华而不实、高高在上、平凡世俗、盛气凌人、激进好战，并有意宣扬公民权利而非慈爱仁心。

我认为，这是所有真诚的基督教徒都应该好好考虑的问题，而且他们没有权利和义务去摧毁并非基督教却误认为基督教的社会结构。那是当今世界很重要的一部分，就像基督诞生时罗马帝国也是这个世界的一部分一样；但是我们一定不要把它误解为属于基督教。基督教不是一种学说、组织、礼仪或一个团体，而是一种氛围和一种生活态度。它的本质就是培养情感，信奉所有人类身上都有的热诚、可爱、美丽和感伤的东西，并且为了发现这些东西而与所有接触到的人建立一种纯粹友爱的关系，以此作为一生追求目标。因此，基督教的本质在某种程度上说具有一定的艺术特性，因为它是不受约束地承认大自然和人类精神之美。《福音书》中有很多这类情节，基督一直慈爱地呵护着鲜花、小鸟和孩童，在他的讲述中反复提到生活中平凡琐事的美丽，田野和葡萄园中的播撒耕种，羊舍的整理修缮，街路上的人来人往，男孩女孩们的嬉闹，生活中各种小的庆祝活动，男婚女嫁和派对等等；所有这些景象都出现在他的叙述中，如果记录更多，肯定还是这类描述。当然，在敌对和冲突出现在他周围时，记录中便有了一种阴郁和悲怆的气氛，而且他的追随者们的焦虑和抱负也在谴责这些敌对冲突的记载中有所呈现。但是我们一定不要被这种影响误导而由此认为福音书传递的信息晦涩。

如果我们要追随真正的《福音书》思想，那么我们就应该去追求一种平静的生活，去聆听和欣赏大自然的美妙声音和景色，让清脆的鸟鸣、绽放的花朵、春季的森林和冬日的夕阳来抚慰我们的目光和心灵，让我们内心不断获得快乐。我们必须简单安然地融入我们周围的生活，不要试图引领潮流，不要寻求树立观点，不要强调个人目标；我们一定不要陷入没有计划的忙碌劳顿之中；我们无法向他人抗议这些东西，但我们可以无视它们。无论如何，我们一定不要成为他人的负担；我们一定不要震怒、生气或厌恶，而是要宽容体谅他人，与人友好和分享悲欢。我们一定要热切、轻松地对待生活，而不是悲伤、枯燥或古板地度日。《福音书》中使用的古老文字、语法以及使得它显得庄严神圣的自然倾向，让我们无法看清它表达的是绝对自然和简单的思想。我认为，庄严、传统和敬畏并没有给我们带来太大的伤害，但却给我们带来了不利影响，我们已经把救世主看成是一个不太可能与其坦率沟通和热诚交谈的人物。根据图画和书籍，人们认为他是暗淡、抽象、苛责、严肃并带着一种忧伤的仁慈和阴沉的呵护的化身。然而，我相信他完全不是那样，我认为他是一个让任何简单并有爱心的人，无论男女老少，在相处时都会即刻感到轻松的人。我认为，他具有理想主义和诗意的特质，因此，不会使人开怀大笑；但那些极其热爱生活并关心生活问题的人更在意的是生活中的美而非生活中的幽默。尽管如此，人们还是在《福音书》中时不时地看到幽默的影子，比如关于不公正法官的故事或关于市场中孩童的故事；因此，他令人生畏，很难直接交谈，无法给人带来欢乐的说法，我一点儿也不相信。

所以，我认为一个基督徒没必要羞于轻松欢乐，相反，我认为他应该尽可能地培养这种东西。他应该是很真诚的，能够照顾和融入周围人的情绪，并不带一点儿矫揉造作地同喜同悲。当基督徒看到一些凡俗市井——熙熙攘攘的市场、歌舞升平的酒吧、烟雾腾腾的吸烟室而感到自己生错了时代并产生深深地厌恶时，那说明他远离了对人性的那种爱。无论在什么场合，他一定要让自己受欢迎、有魅力、易亲近，因为缺乏善良和亲和是一件极其悲催的事；要想感染他的伙伴，他必须要像天真漂亮的少女那样用他的朴实、可爱和吸引力来影响周围的人。我认识这类基督徒，他们都非常睿智、可爱、简单、温和，与他们相处并不令人拘束而是让人倍感轻松，他们会让每一个接近他们的人受到完美至上的启示。我不是在推崇一种愚昧的亲和，也不仅仅是在热衷于顺畅的交流，而是在强调一种热诚、机敏和一种“敦厚”，我不是在寻求人们天性的共同之处和劣根性，而是在全身心地探求人性本真——冲动、软弱、偏激、易怒、享乐，但即便如此，仍不失宽厚、和蔼、健全的根基，这种人性本真往往能够在最卑微的人们发生危机和考验时显露出来。那些社会的弃儿，有罪过的人，放荡不羁的人，如果他们感到救世主已经对他们的罪过震怒和憎恶，他们就不会像现在这样围绕在他的周围了。所以，他们肯定感觉到的是，救世主是理解他们的，是爱他们的，是渴望他们的爱的，他看到了他们身上所有的真实、美好、热诚和可爱的东西，因为救世主知道他们本性中有这些东西，只是在盼望着它们显现。“救世主真是一个令人愉悦的人！”一个普通人也是一位最棒的基督徒曾经这样对我说：“如果你做错了事，他不会挑毛病，而是给你指出正道所在；如果你身陷痛苦与磨难，他也不会说什么，只会让你感觉到有他在你身边，一切都好。”

第二十三章

放弃欲望

我们总是满怀希望地、快乐地牢记，那些对人类生活产生深远影响的伟大运动、教义、思想几乎都是基于人性的最美好和最真实的需要。我们不必害怕新学说或者新教义，因为这样的东西无法强加给不愿意接受它们的世界，它们只能通过亲和的方式来阐释人们的目的和需求。通过回顾世界历史而获得的知识仍然对人大有裨益，人本性不是自私、残忍、世俗、邪恶的这种思想一直对人产生着深远影响，这也让人类充满了希望。人性中的自私和残暴因素从来没有能够同恶相济并长时间地同善的力量角逐，原因很简单，因为那些自私邪恶的人自然不会信任其他自私邪恶的人，而人们的团结和谐又只能建立在彼此信任和关爱上。因此，善永远有着一种让人团结和谐的力量，而恶只能使人孤立和疏离。

就拿尼采要尝试建立一种人间新学说为例。他的超人学说很简单，认为未来的世界掌握在强大好斗、残暴豪夺之人的手里。这些人就是学说中的超人，他们崇尚武力，手段疯狂，活力四射。但是这些人与生俱来也携带着失败的基因，因为即使尼采关于“人性的软弱注定灭亡而且应该助其灭亡”的观点正确，即使他的所谓超人最后胜利，但他们之间最终也必然会以某种残酷而无畏的战斗拼个你死我活。

尼采认为，放弃欲望的基督教义无非是在一个学说中把不满、失望、人性弱点和劣根性带来的失败以及造就的奴性群体等概念换了说辞而已。他认为基督教是颂扬和神圣化了人的弱点而不是优点。但他的这种判断是完全错误的。实际上基督教宣扬的是人性之善、爱之力量、信任无私，这些东西远远超越人性之恶。基督教的感召力在于它向人们揭示了人的潜力无限，并明示人们，只要思想是高尚纯洁的，任何肮脏邪恶的环境都是束缚不了它的。无论男人还是女人，能够看到内心纯洁之美，他就不会深受肉体或心灵堕落的浸染。

放弃欲望并非是完全被动的事；它不是简单地放弃快乐并把幸福拒之千里之外。自我牺牲不一定就是令人不快的思维模式，它也不是指太过恐惧各种享乐而不能有丝毫参与之心。放弃欲望是对享乐和快乐所做的有力区分，是一种不被自私表面的享乐所蒙蔽的修行，但是它清楚什么样的享乐是无罪过的、人之天性的、社会接受的，也知道什么样的享乐是腐朽的、有毒的、虚幻的。

在《福音书》中几乎看不到苦行主义的痕迹，明示人们的是要追求生活中的快乐，唯一倡导的自我约束是最终过简单的生活并快乐而有担当地肩负起不可推卸的责任。自我约束并不是以一种毫无生气、谨小慎微的方式进行苦修，而更是像一个人豪情万丈地接受一次远征中的艰难险阻。去北极探险的人会受到饮食上的限制，这一点他们必须进行修炼，还会遇到生活方式上的不便，这一点他们也必须得接受，但是没有人会认为这些探险者会放弃生活中的快乐；他们当然要这样做，只有这样他们才会有更高昂的激情。从有关早期基督徒的记载资料中可以很清楚地看出，他们给其他非基督徒邻居的印象并非谨小慎微、忧虑重重、斗志不足，而是给人某种神秘的快乐和力量感并且自身散发出某种神奇的光芒，这种光芒并非矫揉造作而是心灵和思想领域有所建树的人所散发出来的那种无法抑制的幸福气息。

让我们假设这样一种情况，一个人与生俱来拥有超凡的精力，能够敏锐地洞察生活中所有美丽的、幽默的、开心的事物。设想他对大自然、艺术、人文魅力、人的快乐都极其敏感，带着强烈的热情、兴趣和激情去做每一件事。再设想他对情感也十分敏感，希望被人爱戴、令人愉悦、待人和蔼，他喜欢孩童和动物，也愿意成为一个炽烈似火的爱人，一个浪漫多情的朋友，总之，对人性中所有的优良品质都非常敏感。再假设，他雄心勃勃，追求名望，想在生活中扮演重要角色，热爱工作，希望一言九鼎，渴望别人喜欢他所喜欢的事物。

那么，毫无疑问，他必须做一个选择；他无法同时做好这一切；他的雄心或许会妨碍他的享乐，他的情感或许会干扰他的雄心。他应该如何取舍呢？很明显，他无须放弃一切。他没有必要逼迫自己拒绝快乐，拒绝爱和被爱，更没必要屈从温顺地过人生。他应该选择他心中最珍视的东西，无论它是什么，而且，毫无疑问，他也会本能地剥离掉他生活中那些蒙蔽人的所谓快乐。如果为了自己的雄心壮志而搁置情感，并随之感到他所轻视和漠视的爱的思想让他伤痛，那么他就会重新选择自己走的路；如果他发现自己的雄心壮志让他无暇享受到艺术和大自然的快乐，并明白他的成功是用放弃其他快乐换来的，那么他就会控制一下自己的凌云壮志；但在做这些选择的时候，他不会表现出焦虑和可怜，因为同时摆在他面前的更像是两个快乐的选择，只不过是一个比另一个更好。他不会贪婪地两个都要，只会选择他最珍视的那个，并再也不去想被他放弃的那个。

一个这样的人，越是热爱生活，就越不可能被生活中的种种所欺骗；他越是能够明智地判断哪一种选择值得保留，就越不可能被生活之外的任何东西诱惑。毕竟，他追求的是人生的圆满而不是空虚；因此说，放弃欲望并非是面对生活时的软弱退缩，而是对人生价值的有力坚持。

但是，我们当然不能希望所有人的人生都上升到这么高的层次。关键是，在感到自己无能为力、一事无成、心烦意乱、惆怅失落又胜任不了我们肩上的责任时，我们大多数人应该怎么做。如果我们无意于冒险，只是对生活担忧，只是被疑惑和焦虑困扰，感觉不到快乐，也没有激情，更没有什么雄心壮志，那么我们应该怎么做呢？

或许我们的实际情况甚至比那还糟；我们卑贱地渴望生活舒适点儿和轻松点儿，我们心里渴望一些低层次的享乐，不在意是否受到尊敬只要获得就好，试图积累各种资源抵抗生活苦难，不想与他人分享，只想待在屈从于我们意志并为我所用的那个圈子里。这对于人们来说是一种很难做出正确选择的情况；我们随便看一看，就会发现外面的生活更精彩更轻松，但即便如此，我们或许也很难意识到我们真应该从沉闷的圈子里出来透透气了。

无论是哪种情况，我们的责任和期望是明确的：不管付出多大的代价，经历怎样的艰难险阻，我们必须找到那条通向黎明之光的道路。就是这样一些人，他们一方面焦虑恐惧，一方面粗鄙世俗，最需要拥有自己的“心灵乐园”。我们是在向着那片黎明之光前行，正如沃尔特·惠特曼如此恢宏地写道：“上帝在前行，不断前行……前方一直黑暗无边，总有援助之手在牵引着落后者。”

如果我们认清我们就是落后者，或者如果我们隐约感觉我们是落后者，那么，我们应该做的不是恐惧黑暗而是要紧紧抓住伸向我们的援助之手。我们必须抓住哪怕是一丝引领我们冲出黑暗的启示，坚决摒弃懒散丑陋的习性，把我们自身丑恶带来的困扰讲给一个我们崇尚和敬畏的人听；我们必须充满激情，勇敢前行；这样，我们就会瞬间感受到稳稳的根基，垃圾和杂物就会被踩在脚下；我们必须为这新发现的快乐建造一座家园，虽然这一快乐就像染满晨露的森林里刚刚醒来的小鸟在我们内心里还没那么活跃，但是，黎明之手已经开始打开这夜的帷幔。

第二十四章
培养美感

我们必须赋予美感应有的重要地位，但怎样看待美感却遇到了一个难题，因为对于许多人来说，美感似乎是一个缥缈脆弱的东西，它只是在人们完全宁静和安康状态时才会来到人的心里。许多人，即便是那些最有思想和智慧的人，通过自身经历也会发现美感是在紧张和压力时最容易失去的感觉。肉体疼痛、忧伤、专注、忙碌、焦虑，所有这一切似乎都可以让美感马上消失，除非一个人相信美感是一种妙不可言、柔软温情的东西，相信它可以与生活中难得的心里宁静共存。这种现实造成的后果很可能是，许多思想活跃且有影响力的人情愿不去思考什么美感，而只是把它看作是伴随带薪假日出现的一种心境，即便这样，也不很放纵。

对许多身体强健、精力充沛的人来说，情况也是如此，他们对于美几乎没有什么感知，只有在看到栩栩如生的景色和胜地时，只有在仰望峻峭山峦上一片片古老城堡时，只有在俯瞰风雪肆虐的大峡谷时，只有在远眺一望无际的森林时，只有在惊叹峥嵘海岬和悬崖峭壁之下不断涌向大陆海浪的滔天壮丽时，他们内心的美感才会被悄然唤醒。但是，对这类煽情美感的追求会误导真正美的品质；如果就这样追求美，那么美就不再是生活中的牛奶和蜂蜜，它就成为一种让人兴奋而非宁静的兴奋剂。我不是说我们应该有意避开美丽景色和艺术宝库，或者像诗人托马斯·格雷[①]那样做，在他与霍勒斯·沃波尔[②]一

①托马斯·格雷（Thomas Gary，1716—1771），英国新古典主义后期的重要诗人。代表作:《墓畔哀歌》等。——译者注

②霍勒斯·沃波尔（Horace Walpole，1717—1797），英国诗人。代表作:《奥特兰托城堡》。——译者注

起在阿尔卑斯山旅行时，为了不看那些惊险奇绝的景色把车的窗帘拉上！

我还是觉得，如果一个人在正确的道路上，同时，美在人生中有其相应的位置和价值，那么人们就不会为了使自己呆钝的思维活跃起来并让生活充满活力而到遥远之处寻找美。我认为人们大多时候应该愿意生活在同一个地方并且会逐渐喜欢上熟悉的景物。对景物的熟悉有助于对它的感知：一个人应该能感觉到最朴素的英国风景之中蕴藏的美质，对于这种美质细腻清晰的理解可以体现在情感和不断提高的深刻阐释能力上。我本人一年大部分时间是在一个乡村度过的，乡民们认为这里很乏味无趣，平淡无奇；然而我却无法形容每天徜徉在如画的剑桥风景中的那种清新和快乐，那一望无垠的低洼荒原，那郁郁葱葱果树和榆树掩映中的白墙茅顶的村舍，那倒垂着杨柳缓缓流淌的小溪，那若隐若现云团笼罩着的浅草沼泽；还有就是我常居住的苏塞克斯，这里有树木葱茏的山梁，有我越来越熟悉和亲切的五颜六色的旷野，在旷野的那边还有一道道延绵不断的丘陵，这里的一切越来越散发出那种甜美快乐的神秘气息。因为我们在培养对美的感知，所以我们变得对简单的美越来越敏感；我们会发现令人眼花缭乱的壮丽恢宏景色反而让人迷惑混沌。

对于其他艺术形式来说，道理相同；我们不再追求激动人心给人带来的炫目和震慑，我们越来越不关心那些故意让措辞和思想杂糅晦涩的东西，我们越来越注重清晰、简洁和朴素。没完没了的慷慨激昂让人难以承受，错综复杂也令我们烦恼不堪；我们开始认识到菲兹杰拉德所谓的“不露声色的经典”那类东西的美。我们不想经历复杂情感调和与冲突的波澜壮阔，我们只想要一种能够看得清、抓得住并能很好培养的东西。我们不再寻求给人刺激令人兴奋的东西，也不再追求能使我们在人生大海中乘风破浪的东西，而我们追寻的更是平和沉静的理解所能够赋予我们的所有爱，追寻一种我们能够依赖和遵守的原则。随着生活的继续，我们一定不要向情绪起伏的瞬息万变寻求慰藉，我们应该努力获得一种简单而持久并能够在熟悉平凡的环境中培养的快乐。

如果说对美的感受非常脆弱以至于受到各种干扰因素的摆

布，那么它也是最持久隐忍、最始终如一的无声能量之一。就像我们驱赶走的飞虫一样，美感会一次又一次地落在它已经选择了的地方。现实中也的确会有令人困惑和不安的时刻，我们身边的美似乎更像暴君和强盗，它不露声色地嘲笑我们，提醒我们已失去的快乐并以此折磨我们。也有那样的时刻，为了忘掉不幸，我们只好让自己忙得无暇思考；但这只能说明我们还没有学会用正确的方式去爱“美”。如果我们只是把美看成是我们快乐酒杯中的一种让人愉悦的原料，就像我们随时都可以享用的美酒那类东西可以给我们增添瞬间的满足，那么，当我们最需要美的时候，它一定会出现在我们的眼前。当一个人失去亲人时，他可以自我考验一下对爱的理解。如果他感觉亲人留给他的慈爱面容、临终话语和温柔抚摸对他来说仅仅是一种痛苦，那么他没有正确地理解爱，他只是把爱看成是自私而愉悦的欣喜而已；但是，如果他渴望朋友和至亲的关心并以此获得力量和抚慰，如果亲人留给他的爱使他更增添了力量，如果他更坚信爱的情感永不消失，那么他才爱的明智和纯粹，才是因为爱而爱，才是因为爱的美丽和圣洁而爱，而不是因为爱带给他温暖和舒适而爱。

如果我们深刻地感知到美，相信美最终会带来快乐，把美看成是一种有意的启示而不是一种恶意的、残暴的、冷酷的让人悲伤和焦虑的力量，认定美是一种等待我们发现和护佑我们的东西，那么，美就不是一种让人担心的折磨，不是对无法感知那种快乐的无情炫耀，而是对某种坚实永恒东西的一种坚守，这种东西会一次次地以更丰满的姿态来到我们的内心，即使断断续续。

那么，我们应该训练和培养我们对美的感知，不为标榜自我，也不为炫耀邀宠，只是为了在悲伤时刻鼓励我们并没有失去一切，让我们懂得黑暗只是暂时的，而快乐才是永恒的、深沉的、必然的，从而使我们减轻痛苦。

因此，美对于我们来说或许就是生机勃勃的爱和希望之泉，它就在那里眺望着我们，就像在遥远山脚下时隐时现的温暖的家，期盼着那位远行的人翻过陡峭的山梁归来。它能够让我们感受到我们并没有被遗忘，它所带来的快乐可以战胜所有不时出现的冲突与不安。我们很容易怠慢和忽视美，但若我们真的那样做了，我们就会在经历不幸时感到困惑而不是内心宁静。正如乔治·梅瑞狄斯[1]在他妻子病重期间所写的那样："此时，我正经历着人生的沟坎……但幸运的是，我学会了在精神世界里寻求慰藉，而且看到了生活中光明的那一面，否则对她的这种病痛折磨也会把我击垮。"那种精神就是看到人生另一面的光明，它就是美所传递的奥秘，也正是美用她光芒四射的羽翼载来的讯息。

①乔治·梅瑞狄斯(George Meredith，1828—1909)，英国杰出的小说家之一。代表作:《利己主义者》等。——译者注

第二十五章

尚美原则

“我赞同万物都包含美的这一道理。”济慈曾经这样说过。就像万路归一，我说过的所有话都可以归结到这个道理上。但我们一定要擦亮双眼，不能盲目乐观而坚持不存在的虚幻之美，不要压制任何艺人对于美的任何观点，不要见到什么都赞美一番，也不要开口就滔滔不绝。当沃尔特·佩特遇到某种出于礼貌必须表达敬仰的境况时，他常常会用他那温柔但掷地有声的语调说：“真的，很棒！”

但是，我们一定要对所有美的倾向报以宽容豁达的态度，努力发现哪怕是一点点的圣洁品质；我不希望人们对此抱以过分苛责的姿态，但是，我们眼里一定要有判断美的原则，绝不能让自己仅仅成为美好印象的记录者。如果我们仅是沉迷于美中，那就是在追求美的感官上享受；但另一方面，如果我们追求审美正确性并与当今严肃的艺术标准一致，那么，我们又都成为枯燥乏味的鉴赏家了，这不会给生活带来任何激情。因此，我们应该温柔有度地对待我们必须追求的美，公正地看待一切，既不能过分谴责攻击，也不能让自己放浪形骸于感官享受，我们应该静下心来寻求某种心灵之光。

我这里没有太多涉及艺术——音乐、雕塑、绘画、建筑——因为我不想把美具体化。事实上，我也知道一些心性高尚的人做事努力，信仰虔诚，但缺乏创造力，他们已经开始用哲学的方式来看待美的价值和作用，但缺乏与生俱来判断美的本能，因此，凭着常规谨慎的研究他们感到一片茫然，只是坚信自己走在艺术之美的路上。他们对美没有任何鉴赏力，对美没有任何追求，而仅仅是为了培养看似很有审美的气质而已，他们这种潜意识动机其实就是担心与他们所崇拜的那类对美抱有激情的人步调不一致，而他们所崇拜的这些人对于美的热爱他们又无从分享。这样的人很容易被早期的意大利绘画艺术吸引，因为它具有历史渊源，因为它可以进行直接分析。他们变成了所谓的“纯化论者”，这多少意味着机械的学术服从。在一些著作中能够发现他们崇拜一些诸如卡莱尔、拉斯金和勃朗宁式的人物，但崇拜并非因为这些人处理思想的方法，而是因为他们所树立的道德上的座右铭——这很像一个人为了果核而喜欢果酱!

一个人爱上伟大的作家和艺术家不应该是因为他们的思想伟大——很多有伟大思想的作家所做的事并不伟大——而应该是因为这些伟大的艺术家和作家能够用一种神圣的光芒照亮普通的思想和目标，最终让这些思想和目标所蕴含的美得以展示并发出壮丽色彩。我们很容易给美好的思想带上沉重的枷锁，结果使它们失去珍贵的价值和激励的作用。《福音书》中有一些世界上最美的思想，美是因为这些思想是普通的，是所有人都承认的，而且是散发着某种光辉的，就像夕阳用它遥远而柔和的金光使我们熟悉的场景有一种神秘而充满希冀的壮美。但一个人只有仔细琢磨那些无聊的说教或者枯燥的评论，才能发现《福音书》中的思想被篡改成某些陈腐泄气的东西。平凡事物之美取决于你观察它们的视角以及它们所接收到的光亮；伟大艺术家和伟大作家的责任就是以合适的角度展示事物并规避掉遮盖其本质的各种杂光。

我们追求美，这源于我们相信，如果能够正确看待，许多事物包含着美，这也源于我们有要发现事物本质的决心。因此，渴望发现美的人首先必须相信美的存在，必须期盼看到美，必须寻找留意美，一定不要因为他人看不到美而使自己泄气，尤其要提防那些用大家接受的方式来迷乱你的双眼进而让你辨别不清美的人。美学倡导者中最糟糕的一些人，就像书记员一样，给审美法则划上藩篱，并试图将这一探索过程看成是复杂信条的积累。

那么，让我们永远不要尝试把美限定在固定的艺术框框内；迷信的形式主义者所犯的错误就是把神的感召力限定在某些神殿和固定的仪式内。这样神殿和仪式的作用就仅仅是为了人们在某个情绪高潮时刻集中沉淀他们激昂翻涌的热情。而真正对美挚爱之人会在任何地方守候着美，他会在小镇林林总总的屋顶以及风吹雨打或白或黑的教堂尖塔中发现美，他会在海港忙碌的船只中发现美，他会在小村庄一片片果园和一座座尖顶谷仓中发现美，他会在偏远乡野一片片开阔田地和纵横交错的小路中发现美，他会在巨浪拍击的粗砾沙洲和峥嵘海角中发现美；如果他在这些地方发现了美，他就会把美看成是凝缩在这些东西的画面里，但这些东西所蕴含的美常常需要人对光影和色彩的奥秘有着很好的理解力；接下来，他会在他周围人的外貌、姿态和表情中追寻同样微妙的美的气息，而且会继续深入地在其他方面追寻这种美——在人的行为举止中，在自由奔放的生活方式中，在卑微的个人欲望约束中，在乏味无趣但目的美好的事业中，在人们最朴素的高尚情怀中；最后他会发现，美是一种他所见所闻所感一切事物都有的特质，不同之处在于，是像狗一样饥饿贪婪地把那一契机看成是获得满盆食物的时刻从而懒惰愚蠢地看待事物，还是把那一契机看成是获得某一美好而远大目标的一个步骤并清楚所有经历，无论是有形可见事物的经历还是心智精神上的经历，之所以珍贵就是因为这一经历使人进步且给人一种让卑鄙回归高尚纯洁的美好希望来塑造人、改变人。

我们所有人的绝对需要是要找到某种强大的东西可以依赖和寄托。否则一个人就会退步到这样一种思想：人之存在，如果抛开生命终止的痛苦与阴郁，总体上就是享受存在。随着生活的继续，会出现这样一种冲动的说法："虽然生活让人着迷或许还很愉悦，但总会有些东西笼罩它、腐蚀它、撕咬它，就如同花蕾上的蠕虫无法摆脱。"由此，一个人就陷入了绝望的泥潭。

那么，人生而何为呢？就是为了活着之后遗忘，受伤之后治愈，强健之后衰弱吗？就是为了精神逐渐消失之后肉体化为尘埃吗？就是为了让自己有一段强烈而甜美的记忆（别人不会记得）之后再让它随风消散吗？

不，那不是生而为人的目的！人生的目的应该是为了生活得充实而富有激情，是为了认清精神的不可磨灭性，是为了消除致使精神萎靡的一切，做到这些不需要我们与难缠的缺点进行艰苦卓绝的斗争，而是要尽我们所能地抱以宁和的热忱和深深的期望。那就是美的本质，让我们知道世界上存在着改造我们让我们高尚的东西，那也是我们想抓就能够抓住的东西，每当我们在工作中发现了这种东西并用其激励我们薄弱意志的时候，我们就又提升了一步，就能够以更宽广和更清晰的视角看待所有的事物。